Wumm! Etwas war auf die Ladefläche gefallen, und die Tür wurde zugeschlagen. Mona saß im Dunkeln... Der ganze Laderaum zitterte, als der Anhänger an die Zugmaschine gekuppelt wurde. Mona war im Sattelschlepper eingeschlossen, zusammen mit einer Ladung von atomarem Abfall!

TRM

COMPUTER-KRIMI

Strahlenfalle

G. P. JORDAN

Schneider-Buch

INHALT

Eine sonderbare Reaktion

„Wirklich stillegen kann man die ausgedienten Atomreaktoren eigentlich nicht."

„Warum nicht?"

Mike Benson blickte kurz zu seinem Sohn auf dem Beifahrersitz. Um Toms scheinbar einfache Frage zu beantworten, hätte er zu einer längeren Erklärung ausholen müssen. Aber vorerst sollte mal so viel ausreichen:

„Weil es dazu Tausende von Jahren braucht", antwortete sein Vater. „Von manchen radioaktiven Stoffen, die bei der Kernspaltung entstehen, beträgt die Halbwertszeit über zwanzigtausend Jahre. Da keiner weiß, wie die Menschen bis dahin leben werden, lassen sich die Gefahren für die kommenden Generationen gar nicht so einfach überblicken."

Tom Benson wirkte nachdenklich, und seine dunkelblauen Augen drückten Sorge aus. Obwohl erst fünfzehn Jahre alt, wurde ihm allmählich klar, daß es in der Welt komplizierter zuging, als er es sich früher vorgestellt hatte.

„Und wie kann man dessen sicher sein?"

„Wie mit vielen anderen Dingen im Leben ist es auch hier eine Frage des Vertrauens", begann Mr. Benson. „Wir vertrauen den Wissenschaftlern und ihrer Arbeit. Und trotz aller

Kontrolle müssen wir letztlich vieles einfach glauben, was sie uns als Experten sagen."

„Aber, wenn es um Tausende von Jahren geht?" schaltete sich Rick aus dem Hintergrund ein. „So lang kann ich doch nicht warten."

Tom wandte sich zu seinem etwas gewichtigeren Freund auf dem Rücksitz. Oft überdeckte Rick mit seinen witzigen Bemerkungen Angst oder Betroffenheit. Rick, Toms bester Freund, war ein Jahr älter als Tom.

„Was ist los mit dir, Rick? Ich dachte, das Thema interessiert dich. Keine Lust, über Atomkraft zu reden?"

„Nicht vor dem Essen", antwortete er schnell.

„Vielleicht läßt es sich ja verbinden", meinte Mike Benson und deutete nach vorne. „Das heißt, wenn die Kantine noch offen hat."

Aus dem Hintergrund dazu Rick: „Oh, Klasse! Ich wollte schon immer mal plutoniumpanierten Gummiadler probieren."

Vor ihnen tauchten die beiden Kühltürme des Emerald Atomkraftwerks auf. Die massiven Betonkonstruktionen warfen dunkle Schatten. Einst hatten sie Betriebe und Privathaushalte mit Energie versorgt und Strom für die Straßenbeleuchtung bereitgestellt. Jetzt hatten sie ausgedient und ragten als düstere Industriedenkmäler in die Höhe – ein radioaktiv strahlendes Erbe für die Nachwelt und ein Problem für die Entsorgungsbehörden.

„Sieht man ihnen gar nicht an", murmelte Tom.

„Von hier draußen natürlich nicht", antwortete sein Vater. „Aber sie sind genauso nutzlos wie eine verbrauchte Taschenlampenbatterie."

Mike hielt vor dem Eingang an. Es war nicht leicht gewesen, von der Atomenergiebehörde eine Sondererlaubnis zum Betreten des Kernkraftwerkes zu erhalten. Trotz der Stillegung wurden die strengen Sicherheitsmaßnahmen immer noch aufrechterhalten. Ein Wächter nahm Mr. Bensons

Personalausweis und die Besuchserlaubnis, schob sie nacheinander in den Leseschacht eines automatischen Erkennungsgerätes und wartete. Auf der Oberseite dieses Q-Detektors leuchtete ein grünes Quarzlämpchen auf.

Mit einem „Danke, Sir“, gab der Pförtner den Ausweis zurück. „Parken können Sie vor dem Hauptgebäude.“

Im Schrittempo fuhr Mike Benson über das Gelände. Tom drehte sich zu Rick um, als dieser das hintere Seitenfenster runterkurbelte.

„Du denkst schon noch daran, was wir versprochen haben?“

Rick nickte bedächtig. Beide, sowohl Mr. Benson als auch Tom, hatten ihm eingeschärft, sich ja korrekt zu benehmen. Und auch Tom mußte es seinem Vater versprechen. Nachdem Tom und Rick sich bereit erklärt hatten, auf Extratouren und Souvenirs zu verzichten, war Mr. Benson mit ihnen zum Kraftwerk aufgebrochen. Rick hatte sich fest vorgenommen, Wort zu halten. Dennoch fragte er sich insgeheim, was denn Schlimmes dran sein sollte, um irgendeine Art von Andenken zu bitten.

„Nun denn, wir sind da.“

Mr. Benson hielt auf dem Besucherparkplatz. Er entriegelte den Sicherheitsgurt, stellte nach einem Blick auf den Bordspannungsanzeiger die Zeitschaltuhr für den Akkulader, stieg aus und steckte das Kabel der Ladesäule in die Außendose des Fahrzeugs. Tom und Rick folgten ihm zum Hauptverwaltungsgebäude.

„Was doch ein Jahr ausmacht“, murmelte Mr. Benson.

Arbeiter eilten durch die staubige Empfangshalle. Wo früher Kentien und Farne wucherten, standen nur noch leere Blumenkästen. An Stelle von eleganten Schreibtischen und weichen Teppichböden lagen Abfallhaufen umher. Das Gebäude wirkte wie eine überdachte Mülldeponie.

Um einen Stapel ausrangierte Möbel herum führte Mr. Benson die beiden Jungen zum Aufzug. Zwei Techniker standen bereits in der Kabine. Sie kümmerten sich nicht um die Neuankömmlinge und redeten weiter.

„Mir reicht's allmählich. Ich will nicht mehr da raus fahren. Das ist schon das dritte Mal heute", sagte der hochgewachsene, baumlange Mann.

„Was willst du denn schon machen?" fragte sein kleiner, kahlköpfiger Freund. „Geschäft ist Geschäft."

„Für die ‚Drei Pyramiden' ist doch schon alles abgezockt. Wieso brauchen sie noch mehr?"

„Ganz bestimmt nicht für einen neuen Shredder, das ist doch wohl klar", lachte der kahlköpfige Kleine.

Auf der dritten Etage verließ das Technikerduo den Aufzug.

Tom meinte, da sei einer aber gar nicht glücklich über seine Arbeit.

„Ach, du weißt doch selbst, es ist ein unlösbares Problem, es gibt nun mal nicht für jeden eine Arbeit, bei der es ihm gutgeht."

Inzwischen hatte Rick etwas Interessantes entdeckt. Er ging in die hintere Ecke der geräumigen Aufzugskabine.

„Das haben sie wohl vergessen." Er hob einen braunen zylindrischen Behälter auf. Mr. Benson untersuchte ihn von allen Seiten und zuckte mit den Achseln.

„So bist du doch schon zu einem Andenken gekommen", bemerkte Tom.

Mr. Benson überging betont sachlich Toms Anspielung: „Wenn wir noch mal in den dritten Stock zurückfahren, müßten wir sie eigentlich finden. Da können wir's gleich zurückgeben."

Ein Glockenzeichen kündigte ihre Etage an. Die Hauptsteuerzentrale lag im obersten Stockwerk des Gebäudes. Die Türen glitten zurück; Tom, sein Vater und Rick stiegen aus.

Niemand holte sie ab. Kein Mensch war auf den Gängen zu sehen. Einrichtungsgegenstände und elektronische Geräte lagen, teilweise demoliert, verstreut auf dem Boden umher, als hätte eine Horde Elefanten hier gewütet.

„Was für ein Verhau!“ staunte Tom, nachdem er sich eine Weile umgesehen hatte.

Vorsichtig stiegen sie über die herumliegenden Teile. Sie standen in der Mitte des Raumes. Eine langgestreckte Besichtigungsplattform zog sich an der Rückwand des Kontrollraumes entlang. Täglich waren Hunderte von Touristen darauf entlanggegangen, um das Bedienungspersonal an den Steuerungspulten zu beobachten. Jetzt lagen überall auf dem Gang Splitter und Scherben von den zerbrochenen Glasscheiben der Besuchergalerie.

Mike Benson ging zur zentralen Kommunikationsanlage hinüber und wischte den fast fingerdicken Staub von der Schalttafel. Die Beschriftung einer Reihe von Knöpfen und Schaltern wurde sichtbar. Gedankenverloren ließ er seine Finger drübergleiten.

„Das hab ich mitaufgestellt“, flüsterte er.

Tom und Rick blickten zu ihm hinüber. Sie wollten ihn nicht stören.

„Es war der erste große Auftrag nach meinem Hochschulabschluß.“ Mike Benson stand da, die Finger der rechten Hand locker über den Knöpfen und Schaltern und schaute. „Wußtet ihr, daß ich, lange bevor ihr geboren wurdet, in diesem Raum hier gearbeitet habe?“

Die Freunde nickten.

„Tja, und was ist davon übriggeblieben?“ Ricks Frage holte Mr. Benson wieder in die Gegenwart.

„Die Leute – immerhin“, lächelte er.

„Dad, du scheinst ja so etwas wie Heimweh danach zu haben?“

„Siebzehn Jahre sind eine lange Zeit. Als ich mit den anderen zusammen die Geräte für Datenverarbeitung und Systemsteuerung eingerichtet habe, waren wir Pioniere auf dem Gebiet. Wir gehörten mit zu den ersten. Von überallher, aus der ganzen Welt, kamen Planer von Atomkraftwerken und

Ingenieure, um unseren Aufbau kennenzulernen."

„Und nun den Abbau."

„Stillegung", verbesserte Mr. Benson. „So wird das allgemein bezeichnet."

Er führte die Jungen zu einer versiegelten Tür. Ihre Angeln waren nahtlos im Rahmen verschweißt. Ein Digitalschloß hing lose unter dem Türgriff.

„Dahinter war unser Bunker für den Notfall. Bei einem größeren Strahlenaustritt oder Unfall sollten wir uns dorthin zurückziehen und die automatische Schnellabschaltung abwarten."

„Habt ihr ihn je benutzt?" wollte Rick wissen.

„Nur für die Essenspausen, Gott sei Dank. Ich bin heilfroh, daß wir niemals herausfinden mußten, ob er uns im Ernstfall tatsächlich wirksam geschützt hätte."

Ein Mann tauchte auf der oberen Plattform der Besuchergalerie auf. Seinem Helm und der Armbinde nach, gehörte er zum Sicherheitspersonal.

„In diesem Bereich ist der Zutritt verboten", erklärte er.

„Ich bin hier, um Professor Coleman zu treffen. Wir sind verabredet", antwortete Mike Benson.

„Wären Sie dann bitte so freundlich und würden im Parterre warten?"

Tom und Rick sahen sich an und zuckten die Achseln. Sie konnten nicht so recht nachvollziehen, weshalb auf einer stillgelegten Anlage die Sicherheitsvorkehrungen noch dermaßen streng gehandhabt wurden. Doch sie mußten sich wohl oder übel fügen.

Die Jungen folgten Mr. Benson zum Lift. Gerade als sie die Kabine betraten, erinnerte sich Rick an seinen Fund.

„Augenblick noch", und damit war er auch schon verschwunden.

Den zylinderförmigen Behälter hatte er an eine Schalttafel gelehnt. Er hob ihn auf und startete zurück zum Lift.

„Halt! Sofort stehenbleiben!"

Der Schrei gellte durch den Raum. Rick blieb wie angewurzelt stehen. Der Mann von der Werkspolizei richtete eine Maschinenpistole auf Rick.

„Leg das wieder hin!"

Rick ließ den Behälter fallen. Sein Inhalt rasselte beim Aufprall.

„Mann, beruhigen Sie sich doch!" rief Mr. Benson, der mit Tom wieder aus der Aufzugskabine trat.

„Hier wird nichts gestohlen!"

„Also ich muß schon bitten! Der Junge hat das hier reingebracht. Er hat es im Lift entdeckt und wollte es gerade holen, um es zurückzugeben!" In Mike Benson war der Ärger hochgestiegen. Er haßte es, wenn jemand fälschlicherweise beschuldigt wurde. Und zu allem Überfluß wurde Rick auch noch mit einer Waffe in Schach gehalten.

Der Werkspolizist stieg von der Rampe und kam auf die drei Besucher zu.

Mr. Benson gab zu verstehen, daß er eine Entschuldigung für angebracht hielte.

Der Mann lächelte geziert. Sein kurzes Haar stand so aufrecht wie bei einer Schuhbürste und unterstrich noch die Düsternis seines Gesichtsausdrucks. Ein Namensschild verriet, wen sie vor sich hatten: „Douglas Mills". Mit der freien Hand griff er sich den Behälter.

„Fahren wir nach unten, damit wir uns ein bißchen näher kennenlernen." Er grinste.

Sie betraten die Liftkabine. Die Spannung stieg, während sie abwärts glitten.

Als auf der Anzeigetafel die Drei aufleuchtete, meint Rick, daß die Männer vorhin hier ausgestiegen waren. „Warum suchen wir sie nicht einfach?"

Douglas Mills ging darauf nicht ein.

Mike Benson wollte jetzt lieber noch nichts sagen. Er wartete auf eine günstigere Gelegenheit. Als sie das Erdgeschoß erreicht hatten, verließ ihr Bewacher zuerst die Kabine.

Er deutete auf einen Gang, der in Längsrichtung durch das Gebäude führte. Mike kannte noch jeden Weg.

„Wenn wir überhaupt irgendwohin gehen, dann zu Professor Coleman“, erklärte Mike Benson mit Bestimmtheit. „Ich bin mit seiner Genehmigung hier.“

Der Wachtposten trat auf eine offenstehende Tür zu und flüsterte in den dahinterliegenden Raum. Unter heller Beleuchtung waren dort einige Arbeiter am Werk. Ein Techniker kam heraus. Es war der kleine kahlköpfige Mann von vorhin aus dem Aufzug.

„Was hat das denn hier zu suchen?“ schnauzte der Neuankömmling, als er den zylinderförmigen Behälter bemerkte.

„Er hatte ihn.“ Mills zeigte auf Rick.

Nach einem frostigen Blick auf den Jungen griff der Techniker nach dem Behälter und eilte davon.

„Was gibt’s denn für Probleme?“

Die drei Besucher wandten sich um und standen einem hochgewachsenen schlanken Mann gegenüber. Auf seinem weißen Helm stand „Projektleiter“.

„Dieser übereifrige Wachmann ist das Problem!“ Mike Benson brachte es ziemlich ungehalten hervor. „Wir waren im Hauptkontrollraum. Der Freund meines Sohnes hatte diesen Gegenstand gefunden und machte sich gerade auf die Suche nach dem Techniker, um das Ding zurückzugeben. Und in dem Augenblick richtete dieser Wachtposten seine Schußwaffe auf ihn.“

„Stimmt das, Doug?“

„Ja. Der Junge hatte immerhin einen Behälter aus dem Sperrgebiet.“

„Aber er war doch bereits...“

Der Projektleiter schnitt Rick das Wort ab. Jetzt war die Geduld von Mr. Benson zu Ende.

„Wenn Sie so freundlich wären, uns zu Professor Coleman zu begleiten, so ließe sich das alles sehr schnell abklären.“

Darauf reagierte der Projektleiter recht unwirsch. „Da

haben Sie Pech gehabt. Coleman ist schon gegangen."

„Aber das kann doch nicht sein. Erst gestern habe ich mit ihm gesprochen. Wir sind für jetzt verabredet."

Das interessierte den Projektleiter nicht. Er forderte sie auf, das Gebäude sofort zu verlassen.

„Auf wessen Anordnung sollen wir gehen?"

„Ich, Ray Ginsler, fordere Sie dazu auf."

Darauf folgte ein derartig hitziger Wortwechsel zwischen Mr. Benson und dem Projektleiter, daß die Jungen schon fürchteten, es käme zu einem Handgemenge. Als Mike Benson aber erwähnte, daß er zu der Mannschaft gehört hatte, die damals für Emerald die Datenverarbeitungsanlage plante, wurde sein Gegenüber plötzlich sehr zuvorkommend.

„Warum haben Sie das nicht gleich gesagt?" erkundigte sich Ray Ginsler.

Mike schüttelte den Kopf. „Wozu? Hätte Ihr Wachtposten dann die Waffe etwa nicht gezogen?"

Ray schob seinen weißen Schutzhelm in den Nacken. Douglas Mills lehnte abwartend an der Wand. Der Projektleiter gab ihm zu verstehen, er könne gehen.

„Ist schon gut, Doug, ich übernehm das hier", meinte Ginsler teilnahmslos.

Nachdem Mills sich entfernt hatte, führte Ginsler die Besucher in sein Büro. Tom und Rick traten an das große Fenster. Von hier aus konnten sie das gesamte Gelände überblicken. Mr. Benson setzte sich Ginsler gegenüber.

Ginsler belferte in die Wechselsprechanlage: „Versucht mal, Coleman aufzutreiben." Dann wandte er sich wieder zu Mike Benson. „Sie waren also einer der ersten Atomgurus auf Emerald?"

„Ich war lediglich für den Kommunikationsbereich verantwortlich", erklärte Benson. „Die nuklearen Anlagen unterstanden Professor Coleman."

Dazu waren keine weiteren Ausführungen nötig. Ginsler

wußte, wer in dieser Abteilung wofür zuständig war. In seiner Steifheit war ihm nur kein anderer Anknüpfungspunkt eingefallen. Er schwenkte zurück zur Gegenwart und kam auf die Arbeiten zu sprechen, die sich vor seinem Bürofenster abspielten, nämlich auf die Lastwagen und schweren Maschinen, die über das Gelände rollten.

„Irgendwie könnt ich mir denken, daß ihr damals, als ihr die Anlage eingerichtet habt, davon ausgegangen seid, das alles wäre für die Ewigkeit."

Mr. Benson nickte bedächtig und fragte sich im stillen, worauf der Mann hinauswollte.

„Und wie fühlen Sie sich nun, wenn Sie sehen, daß Ihr Traum, dieses von Ihnen so hochgeschätzte Projekt, abgerissen wird?"

Mike Benson richtete sich in seinem Sessel auf. Der Unterton dieser Frage war ihm nicht ganz geheuer. Dank einer Durchsage über die Wechselsprechanlage konnte er sich die Antwort sorgfältig überlegen.

„Mr. Coleman hat sich gerade gemeldet", gab die Sekretärin Bescheid. „Er sagt, er habe die Verabredung mit Mr. Benson vergessen und er käme sofort zurück."

Da nun Mr. Bensons Erklärungen bestätigt waren, entspannte sich die Situation. Ray Ginsler lächelte zu Mr. Benson hinüber und lehnte sich zurück. Mike Bensons Aufmerksamkeit wechselte wieder zu den beiden Jungen.

Tom und Rick schienen beeindruckt von dem, was draußen vor sich ging. Riesige Kranarme schwenkten Stahlträger zur Rückseite der Kühltürme. Der eine Turm war bis auf halbe Höhe von einem Baugerüst umgeben. Von den hochgekippten Ladeflächen der Lastwagen rutschten Erdmassen, die von Bulldozern über ein Feld verteilt wurden. Vorarbeiter dirigierten mit Handzeichen und Handsprech-Funkgeräten riesige Gabelstapler zum Verladen von Transportkisten.

„Warum schaut ihr euch das nicht aus der Nähe an?" schlug Ginsler vor.

„Mir wär's ehrlich gesagt lieber, die beiden blieben hier", entgegnete Mike Benson.

„Aber weshalb denn? Die beiden sind doch sicher alt genug, um auf sich selbst achtgeben zu können. Außerdem dürfte es noch ein Weilchen dauern, bis der Professor zurück sein wird. Sie könnten mir ja noch ein paar Einzelheiten über den Aufbau der Anlage erzählen."

Mike Benson war sich darüber im klaren, daß die Jungs von einer solchen Unterhaltung über die guten alten Zeiten nicht viel haben würden. Eigentlich lag ihm selbst auch nichts daran. Da aber Ginsler nun mal ein Mitarbeiter seines ehemaligen Chefs war, schien es ihm auch einigermaßen unhöflich, das Gespräch zu verweigern.

„Geht aber bitte nicht zu weit weg", ermahnte er schließlich.

Tom und Rick waren froh über diese „Entlassung". In der angespannten Atmosphäre, die im ganzen Gebäude zu spüren war, hatten sie sich äußerst unbehaglich gefühlt. Draußen atmeten sie erst mal tief durch.

„Das da drinnen würgt einem ja fast alles ab", lautete Toms erster Kommentar.

„Und ich hätte diesen Nachtwächter erwürgen können. Erst schon mal so ein rüder Ton, dann gleich mit der Knarre rumfuchteln und dazu dieser eine Oberschlaumeier von Projektleiter. Du kommst dir vor wie beim Militär."

„Du bist echt gut." Tom lachte. „Was hab ich dir gesagt, als wir hierher kamen: nichts mitnehmen. Und jetzt hast du halt mal gemerkt, was passiert, wenn du's doch tust."

„Also hör mal! Du mußt doch mitgekriegt haben, daß ich das Ding zufällig entdeckt habe. Was kann ich denn dafür, wenn einer was liegenläßt?"

„Alles klar – unser Ricky-Herzblatt ist mal wieder die verfolgte Unschuld, wie üblich!"

So ging es oft hin und her zwischen Tom und Rick. Sie waren zusammen aufgewachsen, wohnten gegenüber und

2 9111-10

waren dicke Freunde. Rick hatte eine Schwester: Mona – sie war im gleichen Alter wie Tom. Mit ihr zusammen hatten sie schon einige äußerst gefährliche Abenteuer dank ihrer Umsicht und ihres Mutes bestanden. Inzwischen hatten sie einen beachtlichen Ruf erworben, wenn es um die Lösung von Geheimnissen ging, bei denen Mikrocomputer und Hightech-Kniffeleien im Spiel waren. In den Berichten der Presse über ihre Abenteuer wurden die drei mittlerweile einfach „TRM“ genannt.

„Das hätte leicht ins Auge gehen können“, murmelte Rick.

„Aber echt. Wenn du wieder so was wie diesen Behälter siehst, laß es besser liegen. Denk dran, wie es der ach so neugierigen Katze ergangen ist.“

„Ich denke lieber dran, wozu bei Einstein die Neugierde geführt hat.“

Einer der gigantisch in den Himmel ragenden Kräne schwenkte mit seinem Ausleger ein Bündel Gerüstrohre durch das Gelände, über dem das Dröhnen der schweren Maschinen einen vibrierenden Lärmteppich legte.

Tom versuchte, den Krach zu übertönen. „Guck dir das an!“ Er zeigte auf eine Gruppe von Arbeitern am oberen Ende des einen Kühlturms. Vor dem Bauwerk wirkten sie wie Zwerge. Jeder der Männer zog an einem Stahlkabel. Als sie die Seile an der Außenseite des Turms herunterfallen ließen, verlor einer plötzlich den Halt und rutschte ab.

„Da, schau!“ schrie Tom. Doch in dem Lärm ging seine Stimme unter. Rick starrte auf die Unfallstelle und ging dabei einige Schritte rückwärts. Unter den Leuten am Turm war Panik ausgebrochen. Der Mann hielt sich verzweifelt am Kabel fest, das hin und her schwang. Die anderen schrien um Hilfe.

Tom drehte sich nach Rick um und sah, wie ein kastenartiges Gebilde auf sie zukam. Als er genauer hinschaute, bemerkte er, daß dieses Ding immer schneller wurde. Der Kipper, bei dem offenbar die Feststellbremse versagt hatte, rumpelte schaukelnd heran, und Rick, der von dem ohrenbetäubenden Lärm ganz belämmert war, ging, ohne etwas zu bemerken, rückwärts geradewegs auf ihn zu!

Selbstbedienung für Wiederverwerter

Für Panik blieb Tom keine Zeit. Er mußte, wenn überhaupt, blitzschnell reagieren. Mit jeder Sekunde kam der Lastwagen näher, und Rufen hätte keinen Sinn gehabt. Rick hätte es nicht gehört.

Wie bei einem Angriff schnellte Tom auf seinen Freund zu und riß ihn, obwohl er um etliches schwerer war als er selbst, aus der Spur des Kippers. Beide stürzten gegen einen abgestellten Lieferwagen.

Noch ehe Rick protestieren konnte, dröhnte der LKW, nicht einmal eine Armlänge entfernt, an ihnen vorbei. Blitzartig durchfuhr es ihn nun, daß er in Lebensgefahr geschwebt hatte.

„Was, wie? Wo ist der Fahrer? Dem erzähl ich was!“ Rick zitterte.

Das schwere Fahrzeug verlor seinen Schwung am Hang eines dicht neben ihnen aufgeschütteten Abraumhügels, den es hinaufgerollt war, und blieb dort in dem nachgiebigen Kies stecken. An den Gummischutzfängern der hinteren Kotflügel bemerkten Tom und Rick ein Zeichen, das sich in ihr Gedächtnis grub: drei weiße Pyramiden.

„Hilfe! Hilfe!“

Die Jungen blickten in die Richtung der Schreie und sahen den Mann an der Mauer des Kühlturmes hängen. Immer noch schwang das Kabel hin und her. Jede dieser Bewegungen brachte ihn dem Tod näher.

Weit konnten die Schreie nicht dringen; im Maschinenlärm

gingen sie unter. Obendrein trugen viele Arbeiter Schutzhelme mit dicht schließenden Gehörschutzkapseln. Sie machten weiter, ohne das geringste von dem Drama in ihrer unmittelbaren Nähe mitzubekommen.

„Komm schnell, wir gehen rein!“

Für die nächste Heldentat war jetzt Rick an der Reihe. Er rannte in das Hauptgebäude, vorbei an den leeren Empfangsschaltern zum Büro des Projektleiters.

Sekunden später stürzte auch Tom herein. Sein Vater und Ray Ginsler standen bereits am Bürofenster. Rick deutete auf den Kühlturm.

„Wie lange hält das Kabel?“

„Fragt sich eher, wie lange der Mann sich an dem Kabel festhalten kann“, meinte Ginsler zu Mike Benson. Ginsler beugte sich zur Wechselsprechanlage hinüber und drückte die Alarmtaste.

„Rettungseinheiten zu Turm eins! Ausfahrbare Leitern und die Ambulanz!“

Durch eine getarnte Tür, die offenbar nur Ginsler bekannt war, folgten ihm die drei Besucher über einen Geheimgang ins Freie. Die Leute unterbrachen ihre Arbeit. Das an- und abschwellende Schrillen der Alarmanlage durchdrang die Luft und mischte sich mit dem Sirenengeheul, unter dem die Rettungsmannschaft heranbrauste.

„Ihr bleibt bitte hier. Es hat keinen Sinn, sich da einzumischen.“

Tom und Rick wechselten einen Blick. Sie waren froh, daß Toms Vater nichts davon mitbekommen hatte, was Rick beinahe passiert wäre. Er hätte den Besuch hier sicher sofort abgebrochen.

Am Kühlturm lief die Rettungsaktion für den abgestürzten Arbeiter an. Die Rettungsmannschaft arbeitete sicher und exakt. Die gute Ausbildung war ihr anzumerken. Eine Leiter wurde ausgefahren, von deren Korb aus zwei Männer versuchten, den Arbeiter am Seil zu erreichen.

Plötzlich riß das Seil.

Die Umstehenden rangen nach Luft. Aber dann begannen die Leute zu klatschen. Der Verunglückte war in das Sprungnetz des Rettungskorbs gefallen.

„Da ist er dem großen Manitu noch mal von der Schippe gekrabbelt!“ meinte Ginsler zu einem Angestellten, der neben ihm stand. „Und heute nachmittag noch will ich einen vollständigen Bericht über den Vorfall.“

Der Projektleiter eilte an den herumstehenden Männern vorbei zum Kühlturm. Dies verstanden sie als Hinweis, ihre Arbeit wiederaufzunehmen. Bald darauf dröhnten die Maschinen wieder über das Gelände. Der Rettungskorb wurde eingeholt. Zwei Männer halfen dem Verunglückten beim Einsteigen in den Sanka, der gleich darauf mit Blaulicht abfuhr.

Mike Benson berührte kurz Toms Schulter. Mit Rick Powell beobachteten die beiden Bensons die wiedereinsetzenden Abbrucharbeiten.

„Schaut es euch noch mal gut an. In einem halben Jahr wird nichts mehr davon übrig sein.“

„Reißen die eigentlich auch die Türme ab?“ wollte Rick wissen.

„Ganz zum Schluß. Erst müssen die Brennstäbe der letzten Betriebsperiode aus dem Reaktorkern beseitigt werden. Da sind sie gerade dabei.“

„Ist das gefährlich?“

„Nicht besonders. Heute ist das schon viel einfacher als noch vor zehn Jahren. Die radioaktiven Kügelchen aus dem Innern der Brennstäbe, also der eigentliche Kernbrennstoff, werden in speziellen Behältern zur Wiederaufbereitungsanlage transportiert. Diese Transportbehälter sind Neuentwicklungen, außerordentlich strahlenundurchlässig und sehr viel handlicher, aber auch stabiler als die bisherigen. Wenn allerdings die Spaltprodukte in die falschen Hände geraten, kann’s gefährlich werden.“

Ein Sattelschlepper rollte langsam vorbei. Darauf stand: „VORSICHT! RADIOAKTIV!“ In einem Bogen näherte er sich der Rampe neben dem Turm. Ein paar Männer in Schutzanzügen schoben einen Lastkarren auf die Rampe.

„Das dürften wohl verbrauchte Brennstäbe sein“, vermutete Mike Benson.

Sie beobachteten, wie die Behälter in den hinteren Teil des Sattelschleppers verladen wurden. Die Selbstverständlichkeit, mit der die Männer diese gefährliche Fracht handhabten, wirkte fast beruhigend. Während Mike Benson die Jungen noch auf weitere interessante Einzelheiten hinwies, kurvte ein grünes Auto auf den Parkplatz. Am Steuer saß ein Mann, der noch etwas betagter schien als die Limousine, in der er gekommen war. Er hupte kurz und winkte. Mike Benson winkte zurück. Kurze Zeit später stand er vor ihnen. Mike Benson stellte sie einander vor.

„Ach ja. Von euch hab ich schon gehört.“ Professor Alan Coleman nickte. „Aber gehört nicht noch jemand dazu? Ein Mädchen?“

„Mona, sie ist Ricks Schwester. Sie konnte nicht. Sie muß arbeiten“, erklärte Tom.

„Dann lerne ich immerhin zwei vom Trio TRM kennen. Auch nicht schlecht.“ Professor Coleman lachte in sich hinein. „Dein Vater ist stolz auf eure Erfolge“, wandte er sich nun an Tom.

„Uns hat er das bis jetzt noch nicht auf die Nase gebunden“, entgegnete Tom.

Während Coleman seine Gäste aufforderte, mit ihm zu kommen, bekam Tom von seinem Vater einen freundschaftlichen Knuff gegen die Schulter verpaßt. Auf dem Weg zum Hauptgebäude frischten Coleman und Benson gemeinsame Erinnerungen auf. Jahrelang hatten sie einander nicht gesehen, aber per Vistaphon waren sie in Kontakt geblieben und hatten sich gegenseitig über Neuigkeiten aus dem Computerbereich auf dem laufenden gehalten.

Tom schaute sich den älteren Mann genau an, der sie ins Foyer führte. Trotz seines Alters hatte er nichts Greisenhaftes an sich. Er bewegte sich immer noch recht elastisch. Seine graue Mähne und der herabhängende Bart erinnerten Tom an Mark Twain, einen Schriftsteller, den er besonders gerne las.

Mit dem Lift erreichten sie die Etage des Hauptkontrollraums. Diesmal lief ihnen kein Wachtposten über den Weg. Mr. Benson wollte den Zwischenfall von vorhin offensichtlich nicht erwähnen.

Professor Coleman schaute sich um und lächelte. „Tja, hier haben wir uns 'ne ganze Weile getummelt... Erinnern Sie sich noch an den ersten Zwischenfall?"

Mike Benson schüttelte den Kopf.

„Na, dann will ich mal nachhelfen. Es hing mit dem Klo zusammen."

Jetzt fiel es ihm wieder ein, und Mike Benson lachte vor sich hin. Rick und Tom waren nun auch neugierig geworden. So begann der Professor zu erzählen. Es war ihm anzumerken, daß er ganz gern in der Vergangenheit kramte. „Dieses Atomkraftwerk war gerade einige Stunden in Betrieb und lief wie geschmiert auf voller Leistung. Irgend jemand drückte mal die Klospülung. Dadurch fiel der Hauptwasserleitungsdruck für das Kühlsystem unter einen offenbar praxisfremden Sollwert. Das Sicherheitssystem schaltete sich ein, und im nächsten Moment stand die ganze Anlage still. Drei Tage hat es gedauert, bis wir herausgefunden hatten, was die eigentliche Ursache gewesen war."

Während sie noch alle über die Geschichte lachen mußten, ließ Mr. Benson durchblicken, daß er sehr wohl wußte, wer der „Übeltäter" gewesen war, nannte aber keinen Namen.

„Das waren Zeiten", seufzte Mr. Benson. „Damals dachten wir, alles wäre machbar. So ganz genau wußten wir eigentlich nicht, was wir da vor uns hatten, wir mußten eben experimentieren."

„Ich bin übrigens sicher, daß ihr beide aus unseren Fehlern

gelernt habt – hoffentlich", meinte der Professor. Er nahm Mr. Benson am Arm und führte ihn zu den Kommunikationsanlagen. „Ich könnte mir vorstellen, daß Sie und die Jungs sich dafür am meisten interessieren."

Obwohl die Geräte ziemlich verschlissen aussahen, konnte man einige noch benutzen. Mike Benson hatte vorher schon beim Professor angefragt, ob er ein paar davon mitnehmen könne. Mr. Benson hatte ja bei der Planung und Aufstellung des Kommunikationssystems mitgewirkt. Insofern war es Coleman nur recht, daß die Geräte einen so sachverständigen Abnehmer gefunden hatten.

„Nehmt nur alles mit, was ihr brauchen könnt. Der Rest wird ohnehin verschrottet."

Rick und Tom konnten es fast nicht glauben. Es war für sie wie der Kindertraum, einmal in eine Schokoladenfabrik eingeladen zu werden. Alles, was sie ausbauen konnten und auf einem bereitgestellten Gabelhebewagen Platz hatte, sollte tatsächlich ihnen gehören. Sicherheitshalber fragten sie doch noch mal nach: „Wirklich alles, was wir wollen?"

„Das Zeug ist für die professionellen Verwerter nicht mehr interessant genug – die gehen nur noch nach dem Buntmetallpreis, und Schulen oder Forschungsinstituten ist der Kram zu speziell. Außerdem viel zu umständlich, bis wir da jemand anderen finden, der das wirklich brauchen kann. Da ist es bei euch schon in besseren Händen!"

Professor Coleman setzte sich neben das Schaltpult und schaute ihnen zu. Unter Mr. Bensons Anleitung begannen Rick und Tom, wichtige Einzelteile auszubauen. Einige der Mikrosysteme wirkten allerdings schon recht altertümlich im Vergleich zu den heute üblichen. Aber Rick und Tom würden sie schon entsprechend verändern.

„Ihr habt ganz recht", schaltete sich Professor Coleman in die Unterhaltung zwischen Mr. Benson und den Jungen ein. „Deshalb rangieren wir auch alles aus. Sie sind wirklich völlig veraltet, genauso wie die Kühltürme da draußen."

„Die Jungs können jederzeit Apparate brauchen, an denen sie rumprobieren dürfen.“

Mr. Benson kannte diese Neigung von Tom und Rick recht gut. Er hatte seinem Sohn Tom dabei geholfen, sich hinter der Garage eine elektronische Werkstatt einzurichten. Seine erfolgreichsten Entdeckungen machte Tom beim Umrüsten alter Geräte – zusammen mit Rick und Mona. Für die drei war diese Arbeit mehr als nur ein Hobby.

„Na, immer noch nicht genug?“ Professor Coleman amüsierte sich über den Eifer der Jungen. Drei Stunden vergingen. Mike Benson und Professor Coleman erzählten sich gegenseitig Geschichten aus den letzten Jahren und die jüngsten Insider-Neuigkeiten. Gelegentlich unterbrachen sie ihre Unterhaltung und machten Tom und Rick auf interessante Teile aufmerksam. Im Innern eines mannshohen Stahlschrankes – offenbar das Gehäuse des ehemaligen Hauptspeichers für den Master-Computer – machte Tom einen Fund. Er zog einen Kristallbehälter aus den Tiefen der Apparatur. In der Mitte war ein größtenteils rubinummanteltes Metallgebilde eingeschlossen.

„Erstaunlich!“ meinte Coleman. „Ich war sicher, es wäre total hinüber.“

„Ist es auch ungefährlich?“ Mr. Bensons Stimme klang besorgt.

„Bestimmt. So wie das Ding jetzt noch aussieht, hundertprozentig, keine Sorge!“

Tom hielt das Gefäß gegen das Licht. „Was ist das bitte?“

„Dies hier ist eines der ersten Exemplare, die es von den Dingern gab. Euch sind die neueren Versionen wahrscheinlich eher vertraut. Es ist ein sogenannter KSD, ein Kernspaltungsdetektor.“

Das war ja fast eine Sternstunde. Rick und Tom schwiegen ganz beeindruckt. Sie wußten, daß vor Jahren die Entwicklungen in der Atomindustrie und im Bereich der Mikrotechnologie parallel liefen. Eine Forschungsrichtung profitierte von den Ergebnissen der anderen. Dieser Kernspaltungsdetektor konnte Impulse aus dem Reaktorkern empfangen, zeichnete den Kernspaltungsprozeß sowie die damit verbundenen radioaktiven Zerfallsprozesse automatisch so auf, daß sie vom Computer ausgewertet werden konnten. Es war also eines der ersten intelligenten und sich selbst steuernden Warnsysteme, das auf Kernspaltungsprozesse im Frühstadium schon bei geringsten Veränderungen reagierte.

„Ein Problem hättet ihr allerdings damit, wenn ihr es mitnehmen wolltet", setzte der Professor mit besorgter Stimme hinzu.

Gespannt warteten die Jungen und Mr. Benson auf die Erklärung.

„Es reagiert nur auf radioaktive Strahlung."

„O nein, vielen Dank. Dann lassen wir es lieber." Tom winkte ab. Doch dann dachte er daran, wie oft es ihm schon gelungen war, technologisch veraltete Geräte erfolgreich umzubauen. „Also gut, ich glaube, wir probieren es trotzdem. Aber eines versprech ich Ihnen, Herr Professor: Falls es noch irgendeine andere Verwendungsmöglichkeit für diesen Elefantenklunker geben sollte, wir finden sie."

„Da bin ich auch ganz sicher", stimmte Rick zu.

Sie verstauten den Kristallbehälter sorgfältig auf dem Gabelhebewagen. Insgesamt hatten sie jetzt etwa fünfzig einzelne Teile zusammengetragen; besondres reich war die Ausbeute an Peripheriegeräten.

„Falls ihr nicht alles im Wagen von Mr. Benson unterbringen solltet, packe ich den Rest ein und fahre hinterher."

„Eine großartige Idee, Professor. Meine Frau würde Sie auch gern mal wieder sehen."

Den Wagen mit den Apparaten rollten sie behutsam in die Aufzugkabine. Tom und Rick stellten sich davor, die beiden Männer sicherten den hinteren Teil des Gerätestapels. Im dritten Stock hielt der Lift. Als die Kabinentür zurückglitt, standen ihnen zwei Männer gegenüber, deren Bekanntschaft sie bereits gemacht hatten. Das Technikerduo trat ein, ohne sich jedoch im Gespräch stören zu lassen.

„Alles in Ordnung mit dem Zylinder?“ wollte Rick von dem einen der beiden wissen.

Die beiden Männer schienen jetzt erst zu merken, wer noch mitfuhr. Jedenfalls waren sie etwas überrascht.

„Äh, klar, ja doch, vielen Dank noch mal“, murmelte der Hochgewachsene.

„Durch Sie haben wir hier einigen Ärger gekriegt. Es wäre eigentlich Ihre Sache gewesen, dieses Mißverständnis aufzuklären“, meinte Mike Benson.

Die beiden Techniker blickten leicht verlegen. Der kleinere von ihnen, der Kahlköpfige, ergriff das Wort: „Gewiß, aber wir hatten es leider sehr eilig.“

Sobald sich die Tür öffnete, drängten die beiden hinaus.

Im Erdgeschoß lenkten Tom und Rick den Wagen durch die verlassene Empfangshalle und schoben ihn mit vereinten Kräften hinaus auf den Parkplatz. Dort erkundigte sich Professor Coleman, was denn los gewesen wäre. Mike Benson gab in Kurzfassung den Vorfall wieder.

„Sag mal, Rick, wie schwer war denn dieses zylindrische Gehäuse?“

„Mmm, vielleicht so wie eine Wassermelone.“

Tom lächelte. Der Gedanke an etwas Eßbares war für Ricky offensichtlich allgegenwärtig.

„Benson, was sagen Sie dazu?“ Coleman hatte sich an Mike gewandt. „Lassen diese Burschen einen Behälter für verbrauchte Brennelemente einfach so rumliegen, im Personenaufzug!“

„Sie müßten diese Männer doch kennen“, hakte Mr. Benson nach. „Schließlich gehören sie doch zur Belegschaft.“

„Eigentlich weiß ich sehr wenig darüber, was zur Zeit auf Emerald vor sich geht. Es ist alles ganz anders jetzt. Die Phase des Aufbaus und der Probeläufe ist längst vorbei“, meinte Coleman etwas wehmütig. „Und diese Abbruchspezialisten sind Privatunternehmer, von den Behörden beauftragt – irgendwie eine ziemlich merkwürdige Sorte von Leuten."

Eine halbe Stunde dauerte es, bis sie den Wagen der Bensons vollgepackt hatten. Trotz aller Tüftelei mußten sie doch noch einiges bei Professor Coleman unterbringen.

„Ich muß mich nur noch kurz mit Ginsler besprechen, denn ich weiß nicht, wann ich zurück sein werde."

Sie blickten ihm nach. Auch jetzt wirkte er mit seinen weitausholenden, elastischen Schritten eher wie ein später Hippie in den Endvierzigern und weniger wie ein alter Bilderbuchprofessor. In der Zwischenzeit wollten sie die Heimfahrt besprechen. Die Strecke an der Küste entlang, die sie auf der Hinfahrt genommen hatten, war zwar sehr schön – immer wieder konnte man das Meer sehen –, aber sie war nicht der kürzeste Weg nach Stanton. Mr. Benson stimmte schließlich für die leitsystemgesteuerte Expreßautobahn.

„Einer von euch sollte mit dem Professor fahren und ihm den Weg zeigen."

Während Mike Benson den Rest in dessen Auto verfrachtete, entfernten sich die Jungen. Sie wollten noch einmal zu den Kühltürmen gehen. Bei der Gelegenheit konnten sie auch aushandeln, wer bei Coleman mitfahren sollte.

„Da drüben gehen deine äußerst dankbaren Freunde." Tom zeigte auf das Technikergespann, das den Behälter für die Brennelemente vergessen hatte. Der Kahlköpfige führte seinen Kollegen zu einem der Lastkraftwagen. Ihre Gesten ließen vermuten, daß sie sich stritten. Der Kahlköpfige versetzte dem anderen einen so kräftigen Schlag auf den Rücken, daß er beinahe gestolpert wäre.

„Würd ja gern wissen, was das alles soll", meinte Rick ganz in Gedanken.

„Vermutlich hat der Typ noch was vergessen!"

Die beiden lachten, während sie die Techniker auf ihrem Weg zur Laderampe beobachteten. Auf einer Palette, bereit zum Verladen, standen Dutzende von ähnlichen braunen

Behältern.

„Die suchen doch was!"

Nachdem er den Stapel durchgesehen hatte, schien der Mann es gefunden zu haben. Der Kahlköpfige hievte den Stahlzylinder ächzend auf die Seite der Rampe. Das Ding hatte anscheinend ein beträchtliches Gewicht. Dann verschwand er einen Augenblick lang im Gebäude und kam mit einem Sackkarren zurück. Der Kollege half ihm, den Behälter zu einem Kleinlaster zu bugsieren. Sie wuchteten ihn hoch und schoben ihn auf den hinteren Teil der Ladefläche, die sich daraufhin deutlich senkte. Nachdem sie die Bordwand hochgeklappt hatten, bestiegen sie die Fahrerkabine.

„Eigentlich kann man schon sicher sein, daß hier alles richtig läuft. Da sieht jedenfalls nichts nach Abbruch im Schnellverfahren aus", kommentierte Tom.

Nun richteten die Jungen ihre Aufmerksamkeit wieder auf die Überreste der riesigen Kraftwerkanlage. Die Verknüpfung von Toms Vater mit der Geschichte von Emerald machte den Besuch für Tom und Rick noch interessanter. Da sie nun auch noch Teile des ehemaligen Überwachungssystems mitnahmen, genossen sie die letzten Momente auf diesem berühmten Gelände ganz besonders.

„Ich weiß, wie wir das Problem mit der Rückfahrt lösen", meinte Rick nach einer Weile. „Ich hab meinen Führerschein mit, da kann ich den Wagen von Coleman fahren. Wir beide wären zusammen und die beiden anderen auch. Coleman und dein Vater haben sich sicher noch eine Menge zu erzählen."

Tom drehte sich zu Rick und lächelte. „Du bist *doch* genial."

Sie machten sich wieder auf den Weg zum Parkplatz. Mr. Benson hatte jetzt alles verstaut und lehnte am Wagen. Tom wollte ihm gerade erzählen, wie sie die Rückfahrt organisieren wollten, da schreckte sie plötzlich ein heftiger Donnerschlag auf. Sie hörten Sirenen heulen und sahen kurz darauf, wie auf einmal von überallher aufgeschreckte Werksangehörige aus den Gebäuden liefen. Ihre Gesichter zeigten Angst. Und dann noch ein Donnerschlag!

„Tom, Rick!“ schrie Mr. Benson ihnen entgegen.

Sie rannten zum Wagen. Auch der betagte Professor lief aus dem Hauptgebäude. Er rief:

„Alarm! Schnell weg!“

„Ihre Schlüssel!“ schrie Rick.

Ohne eine Sekunde zu zögern, warf Coleman sie ihm zu. Noch bevor der Professor richtig mitbekommen hatte, was Rick eigentlich gewollt hatte, saß Rick schon am Steuer von Colemans Wagen. Tom schwang sich auf den Beifahrersitz. Rick ließ den Motor an, wendete und fuhr los.

Mr. Benson folgte ihnen mit Coleman. Auf das Sirenengeheul hin rannten viele Arbeiter zu ihren Autos. Jeder wollte so schnell wie möglich wegkommen.

Rick mußte einem Pickup ausweichen, der gerade vor ihm herauszog. Seine Ladung schwankte derart, daß der Wagen kurz auf die Gegenfahrbahn schlingerte, bevor ihn der Fahrer wieder abfangen konnte. Sie waren so nahe herangekommen, daß Tom in der Fahrerkabine das Technikerduo wiedererkannte, was ihn allerdings nicht sonderlich bewegte. Doch das Zeichen, das er auf den Kotflügeln des Kleinlasters entdeckte, ließ ihn innerlich zusammenzucken: die drei weißen Pyramiden!

Ein unheimlicher Abstecher

Die Jungen verloren den schlingernden Pickup aus den Augen. Plötzlich ging es nicht mehr weiter. Die Werkstore waren noch verschlossen. Während irgend jemand fluchte, der Pförtner sei wohl zum Rauchen aufs Klo gegangen, schrillten Alarmsirenen über das Gelände, über Lautsprecher kamen Durchsagen.

„Wo ist Dad?“

Auch der Wagen von Mr. Benson war im allgemeinen Durcheinander nicht mehr zu sehen. Rick preschte auf die mittlerweile geöffnete Ausfahrt zu. Auf dem Rücksitz rutschten die Apparate von einer Seite auf die andere.

„Ey, nicht so schnell!“ warnte Tom.

„Keine Sorge, wir kommen heil nach Hause!“ versprach Rick. Ein Blitz zuckte über den Himmel, gleich darauf kam der Donner – merkwürdigerweise klang er diesmal etwas anders als vorhin auf dem Gelände. Schwere Wolken waren aufgezogen, und ein Platzregen bedeckte die Fahrbahn.

Rick kurbelte das Seitenfenster hoch. „Was zum Teufel ist bloß los? Erst diese Explosionen auf Emerald, dann der Alarm und das Riesendurcheinander und jetzt noch das“, maulte er. „Das reicht echt, um einem den ganzen Tag zu versauen!“

Rick hatte die Scheibenwischer auf Höchstgeschwindigkeit gestellt. Nur langsam kamen sie in dem zähflüssigen Verkehr voran. Es blitzte immer häufiger, und die von Mal zu Mal lauteren Donnerschläge folgten immer rascher auf den grellen Lichtschein der gewaltigen Entladungen. Sie näherten sich dem Zentrum des Unwetters. Tom bog den Schwanenhals mit der Eingabetastatur des Autotransceivers zu sich herüber und tippte die Frequenz für den Rufcode seines Vaters. Dann griff er sich das Einhandmikrofon, drückte die Sendetaste und wartete. Keine Antwort. Nur das Krachen der elektrischen Entladungen in der Atmosphäre durchbrach gelegentlich die Störaustastung des Empfangsteils und übertönte immer wieder das Rauschen aus dem Kombilautsprecher. Er probierte die anderen Kanäle durch. Auch nichts.

„Muß wohl an dem heftigen Gewitter liegen“, vermutete er. „Diese plötzlichen atmosphärischen Störungen können ja den ganzen Funkverkehr lahmlegen.“

„Dein Vater und der Professor merken vielleicht nicht mal, daß wir hinter ihnen stehen. Vielleicht überholen wir sie ja noch, bevor wir nach Stanton kommen.“

Der Gedanke gefiel ihnen. Denn falls sie nämlich eher da sein sollten als Mr. Benson, könnten sie schon mal auspakken. Und das bedeutete mehr Zeit, in der der Professor noch etwas zu dem KSD sagen könnte, den sie von Emerald mitgenommen hatten.

„Sag mal, ist da vielleicht auch noch ein Unfall, da vorn?“ stöhnte Rick. Er war vom Kriechtempo schon ganz entnervt.

Die Fernschnellstraße zog sich auf einem langen Bogen durch ein Tal. Immer wieder zuckten Blitze durch die Regenschauer. Die Kolonne kam erneut ins Stocken. Rick zog seufzend die Handbremse fest. Nun stand der Verkehr. Sie konnten aber nicht sehen, weshalb.

Tom schaute auf den Bildschirm des elektronischen Rückspiegels, der in einer Konsole zwischen den Sonnenblenden eingelassen war. Er stellte die servonachgeführte Zoomoptik auf Fernsicht. Im hochauflösenden Farbbild war ein Fahrzeug zu erkennen, das auf der Standspur dabei war, den Stau in halsbrecherischem Tempo zu überholen. Als der Wagen an ihnen vorbei huschte, erkannten sie an den Kotflügeln die drei Pyramiden – es war der Pickup mit dem Technikerduo vom Kernkraftwerk.

„Schon wieder!“ riefen Tom und Rick gleichzeitig.

Die beiden Männer vom Kernkraftwerk hatten sie anscheinend nicht bemerkt und fuhren weiter. Der Pickup war offensichtlich noch schwer beladen, denn sein Heck hing immer noch so tief, daß die Gummischmutzfänger fast auf der Fahrbahn schleiften.

Ohne eine Aufforderung von Tom abzuwarten, zog Rick das Steuer nach rechts, scherte aus dem Stau aus, um dem Lastwagen in sicherer Entfernung zu folgen. Der Regen hatte sich nun zu einem Wolkenbruch gesteigert. Böen peitschten Schauer auf die Windschutzscheibe, so daß durch die Schlieren kaum noch etwas zu erkennen war. Jetzt drang hinter der Kurve das Blitzen von blauen Lichtwirblern zu ihnen herüber.

„Aha, eine Straßensperre! Alles klar. Die Polizei, dein Freund und Helfer, macht mal wieder eine Verkehrskontrolle."

„Und hat sich genau das richtige Wetter ausgesucht – ich kann's kaum abwarten, bis sie sich die beiden unter die Lupe nehmen." Rick lächelte.

Aber als sich der Pickup der Sperre näherte, geschah etwas, womit sie nicht gerechnet hatten. Ein Streifenbeamter ging zum Wagen, ein kurzes Hin und Her, der Beamte lachte und winkte den Wagen durch.

„Mann, das gibt's doch nicht!" entfuhr es Rick. „So viel Glück müßten wir doch auch haben."

Hatten sie aber nicht. Ein kurzer Blick in den Wagen veranlaßte den Beamten, genauer zu kontrollieren. Weitere Polizisten kamen hinzu und begutachteten den Wagen.

„Woher habt ihr die elektronischen Geräte?" fragte der Polizeioffizier.

Was die Jungen auch vorbrachten, den Beamten genügte es offensichtlich nicht.

Unbeeindruckt hörte sich einer der Polizeioffiziere an, was Tom und Rick vorzubringen hatten. „Eure Geschichte gefällt mir nicht. Du fährst ein Auto, das auf einen gewissen Professor Coleman zugelassen ist. Und ihr beiden geht noch nicht einmal ins College. Außerdem habt ihr da hinten einiges an Mikrotechnologie aus dem Kernkraftwerk drin, könnt dafür aber keinerlei Berechtigungsschein vorweisen."

Nachdem Tom gemerkt hatte, daß sie sagen konnten, was sie wollten, beschloß er, es auf andere Weise zu versuchen. Und zwar, indem er jetzt eine Amtsautorität ins Spiel brachte. Der zuständige Oberleutnant für die Straßensperre ging auf Toms Bitte ein. Er wählte über die Polizeifunkzentrale die Stantoner Hauptdienststelle.

„Sergeant Dalby, bitte", verlangte er.

Tom und Rick wechselten einen Blick und grinsten verstohlen. Dalby war nicht nur ein Freund ihrer Eltern,

3 9111-10

sondern er hatte auch schon mit ihnen zusammengearbeitet.

Wie die beiden vermutet hatten: Bereits nach einer Minute bedauerte der Oberleutnant, daß er Tom und Rick so lange aufgehalten hatte. „Aber wir müssen nun mal alle Fahrzeuge kontrollieren, die hier durch wollen."

Die Jungen waren erleichtert. Neugierig waren sie auch geworden.

„Wonach suchen Sie denn?" wollte Rick wissen.

„Ich wollte, ich wüßte es", bedauerte der Mann. „Irgendeine gefährliche Fracht ist unterwegs."

„Und deswegen die Straßensperre?" erkundigte sich Tom.

„Wir versuchen natürlich, dem auf die Spur zu kommen. Aber bis jetzt hatten wir noch kein Glück. Vielleicht war es auch blinder Alarm, aber darauf dürfen wir es nicht ankommen lassen, wir müssen jedem Hinweis nachgehen."

Rick und Tom stiegen wieder ein. Rick ließ den Motor an, peilte die Situation im Rückspiegel, checkte, wie es vorne aussah und zog ab.

Der Regen schien nicht aufhören zu wollen. Das Hin und Her der Wischerblätter drang mit einem leisen Quietschen immer wieder zwischen ihre Unterhaltung, während Tom und Rick noch einmal die Ereignisse des Nachmittags besprachen. Da war erst mal der zylinderförmige Stahlbehälter, den Rick im Lift entdeckt hatte, dann der Werksschutzmann, der die Maschinenpistole auf sie gerichtet hatte, der Mann, der vom Kühlturm abgerutscht war, der Lastwagen, vor dem Tom seinen Freund in letzter Sekunde gerettet hatte, und dann noch das merkwürdige Technikergespann. Während sie versuchten, sich einen Vers darauf zu machen, wurde Toms Aufmerksamkeit auf die vor ihnen liegende Autobahnausfahrt gelenkt.

„Da sind sie!" rief er und zeigte nach vorne.

Zweifellos war es der Lastwagen mit den beiden Technikern. Sie fuhren wieder auf den Highway zu, aber diesmal mit einer hinteren Bodenfreiheit, wie sie nur ohne Zuladung möglich war.

„Ich würd' ja nur zu gern wissen, wo die herkommen", meinte Rick.

Er betätigte den Blinker und bog bremsend in die Ausfahrt, wobei die Geräte auf dem Rücksitz gegeneinander krachten. Die Abfahrt führte auf eine öde Landstraße.

Tom bat Rick anzuhalten. Er wollte sehen, welche Richtung der Lastwagen einschlug. Durch die Regenschauer sah er, daß er auf den Highway zurückfuhr und die Richtung zum Kernkraftwerk nahm.

Von ihrem Parkplatz aus sahen die Jungen Wälder und Buschwerk. Landwirtschaft gab es hier kaum, dafür war der Boden noch zu wenig urbar gemacht worden. In der Nähe standen vereinzelt Häuser. Langsam fuhren sie die Straße hinunter. Da sahen sie einen Lastwagen aus einer Allee biegen. Während das Fahrzeug an ihnen vorbeibrummte, aktivierte Tom instinktiv den Aufzeichnungsspeicher des Videorückspiegels. Während der Laster in der Ferne verschwand, blieb auf dem Bildschirm das Standbild zu sehen. Tom markierte mit Hilfe der Cursortasten auf der Bedienungseinheit einen Bildausschnitt rings um einen der Schmutzfänger und ließ ihn auf volle Schirmbreite vergrößern. Auf dem vergröberten Zeilenraster waren deutlich die drei Pyramiden zu erkennen.

„Na bitte, das paßt doch genau zusammen."

„Von genau demselben Saftladen hätte mich eine der Kisten beinahe übergemangelt", keuchte Rick. „Das allein reicht schon, damit ich mich hier mal umsehe."

„Privatbesitz! Kein Durchgang!" Auf beiden Straßenseiten warnten diese Schilder. Die Jungen beschlossen, sie zu übersehen und fuhren hinein, vorbei an den Alleebäumen, die Windschatten boten. Der Wind rüttelte zwar kräftig an den Ästen, aber immerhin hatte der Regen nachgelassen.

Der Donnerschlag – fast gleichzeitig mit bläulich zuckendem Blitz – kam um so unerwarteter und anscheinend aus allernächster Nähe.

Rick war so erschrocken, daß ihm für eine Sekunde das Lenkrad aus den Fingern glitt. Das Fahrzeug drängte aus der Spur, geriet auf den Randstreifen; die Reifen drehten im Kies durch, der Wagen kam ins Schleudern, legte sich quer und rutschte mit der Hinterachse in den Graben.

„Gut gemacht, gratuliere zur Punktlandung!“

„Verdammt, bei so einem Mordseinschlag hätt's dich ebenso gerissen. Da klinkt es einem glatt die Feinmotorik aus.“

Aber nichts vermochte an der schwierigen Situation, in der sie nun steckten, etwas zu ändern. Sie waren im Straßengraben gelandet, und das auf einem Privatgrundstück! Der Wagen gehörte Professor Coleman, und es gewitterte weiter.

„Also, wer steigt aus?“ fragte Tom.

Und erneut krachte es, nun wieder aus größerer Entfernung. Eine Bö fegte abgerissenes Laub und kleine Zweige nach oben, als würden sie von den dunklen Wolken über ihnen eingesogen.

„Verstehste nun, oder glaubste ich mach so was aus purer Langeweile?“

Grollend verklang der Donner. Während der Regen wieder stärker auf das Autodach trommelte, suchte Rick nach einer schnellen Lösung. „Versuch's über die Ätherquäke.“

Damit meinte er den Transceiver. Immerhin hatte er heute schon mal funktioniert, als der Professor von Ray Ginsler noch mal zurückgerufen wurde. Allerdings war das Gerät seit dem Gewitter nicht mehr in Gang zu bekommen.

„Wieder nichts!“ Tom stöhnte, nachdem er ein Weilchen an dem Gerät herumprobiert hatte. „Am besten, wir gehen beide.“

„Aber wir werden doch patschnaß!“

Tom zog vom Rücksitz zwei stärkere Plastikplanen, mit denen sie die Geräte abgedeckt hatten.

„Jetzt packen wir uns da rein.“

So kletterten sie hinaus in den Regen. Man konnte förmlich

spüren, wie aufgeladen die Atmosphäre noch war. Tiefhängende Wolken zogen schnell vorbei, aus denen jederzeit wieder ein Donnerschlag hervorbrechen konnte. Gemeinsam gingen sie die Allee hinunter. Weit und breit kein Lebenszeichen. Es donnerte weiter, aber nicht mehr so stark wie das eine Mal, auf das hin Rick im Graben gelandet war. Sie schleppten sich durch den Sturm. Die Plastikplanen klebten an ihren Körpern.

Als die Straße etwas anstieg, hielten sie an. Vor ihnen lag ein Schrottplatz, der mit Wellblech eingezäunt war.

„Ein Autofriedhof." Rick grinste. „Für jemanden, der im Straßengraben gelandet ist, wie gerufen."

Hunderte von verrosteten Autowracks standen hier herum, zum Teil aufeinandergetürmt. Überall lagen verbogene Stahlträger und Maschinenteile umher. In einer Ecke des Geländes wölbten sich Berge von ausgedienten Ölfässern. Die Farbe war abgeblättert, und keine Aufschrift gab noch irgendeinen Hinweis darauf, was sie in Wirklichkeit enthalten mochten. Vorsichtig näherten sich die Jungen dem Haupteingang. Ein schiefhängendes Tor aus Drahtgeflecht stand offen, aber niemand schien in der Nähe zu sein. Nur der Regen spielte auf den Blechteilen sein monotones Schlagzeugsolo.

„Hier muß es doch auch so was wie einen Schlepper geben", fiel Tom ein. „Oder einen Gabelstapler. Das brauchen die doch, um den ganzen Schrott von der Stelle zu kriegen."

„Wie auch immer, auf jeden Fall will ich den Wagen vom Professor aus dem Graben ziehen."

Jetzt merkten sie, daß ihre Stiefel voll in den breiigen Boden gesunken waren. Zusammen mit dem Öl und dem Regenwasser war es hier so schlammig geworden wie in einem gigantischen Schweinestall. Jeder Schritt war anstrengend.

„Schau mal, da!" Tom deutete auf ein Schild. Über einem Schuppen, vermutlich dem Büro, entdeckten sie ein vertrautes Zeichen.

„Schon wieder die drei weißen Pyramiden“, flüsterte Rick.

Niemand reagierte auf ihr Klopfen. Als sie die Türe öffneten, drang ihnen ein gräßlicher Gestank entgegen, und eine Ratte, groß wie ein Karnickel, huschte aus einem der Abfallhaufen auf dem Boden.

„Iiii!“ kreischten Tom und Rick gleichzeitig und sprangen zurück.

Die Ratte lief ein Stück an der Barackenmauer entlang und verschwand dann in einer Kellerluke.

Die jungen stakten zu einem großen offenen Schuppen. Mühsam mußten sie über zahllose vor sich hinrottende Autoteile steigen, aber es war die Mühe wert. Das schräge Dach schützte vor dem Regen, und endlich konnten sie sich aus den Plastikplanen schälen.

„Reichlich öde hier.“ Rick schüttelte sich ein wenig. Kalt war es auch. Tom besah sich das Gelände. Lauter Überreste des Fortschritts; alles, was eine riesige, auf eingeplanten Verschleiß ausgerichtete Herstellungsmaschinerie an Produkten im Laufe von Jahrzehnten ausgespuckt hatte. Und im Gegensatz dazu: ringsum üppige Natur.

„Einen Schrottplatz mitten in dieser Gegend, das hätte ich ja am allerwenigsten erwartet. Ganz schön schräg, das Ganze.“

Der Regen prasselte auf das Blechdach. Tom und Rick fühlten sich trotz der Planen bis auf die Knochen durchnäßt und mittlerweile sehr unbehaglich.

„Na ja, wenigstens haben wir herausgefunden, womit dieses Pyramidenzeichen zusammenhängt“, meinte Tom, nachdem sie eine Weile geschwiegen hatten. „Aber das zieht noch eine Menge anderen Ärger nach.“

„Was meinst du damit?“

„Zuletzt haben wir doch die drei weißen Pyramiden an den Kotflügeln der Lastwagen gesehen. Die haben irgendwas von dem stillgelegten Atomkraftwerk wegtransportiert...“

Nun ahnte auch Rick die Zusammenhänge und führte

Toms Gedanken weiter. „Was natürlich bedeutet, daß es eine Menge von gefährlichem Abfall geben muß, das heißt im Klartext, von radioaktiv verseuchtem Zeug."

Diese Vorstellung jagte ihnen einen gewaltigen Schrecken ein. Möglicherweise war dieser Abfall ja genau hierher gebracht worden. Vielleicht wateten sie mittendrin herum. – Nicht genug mit der Autopanne, auch das noch! Beide versuchten, einen klaren Kopf zu behalten. Schließlich mußten sie ja beschließen, was sie als nächstes tun würden.

Durch den strömenden Regen blickten Tom und Rick auf die vergammelnden Gebrauchsgüter der Industriegesellschaft. Sie kamen sich vor, als wären sie die letzten Überlebenden dieses Planeten, die noch einmal die Reste einer zerstörten Zivilisation betrachteten.

Kurbel dich frei

„Laß uns hier bloß abhauen", sagte Tom schließlich.

Rick war sofort einverstanden. Sie hüllten sich wieder in die Plastikplanen und traten hinaus in den Regen. Bei jedem Schritt quoll der bräunliche Brei unter ihren Sohlen hervor. Der Regen hatte den Boden aufgeweicht. Mit den Ölresten und anderen verschütteten Flüssigkeiten hatte die nasse Erde einen Morast gebildet, in dem selbst ein allradangetriebener Lastwagen mit intelligentem Sperrdifferential steckengeblieben wäre.

„Was hältst du davon?"

„Mmm, könnte eine Handwinde sein", vermutete Rick.

Tom sprang auf einen Blechhaufen und zog ein Metallgebilde aus einem Gewirr von Kabeln. Wie einen Siegespokal hielt er es in die Höhe.

„Das ist es, damit kommen wir von hier weg!"

Rick wußte noch nicht so recht, was Tom damit vorhatte.

So war es ihm schon oft ergangen, aber für gewöhnlich hatte er sich auf die Ideen seines Freundes eingelassen. Am Ende hatte sich stets herausgestellt, daß es richtig gewesen war. Im übrigen glaubten beide daran, daß es für ihren Erfolg ganz entscheidend war, zuweilen auch ihrer Intuition zu vertrauen. Ganz egal, ob es darum ging, Probleme zu lösen oder irgendwelchen Geheimnissen auf die Spur zu kommen.

„Hilf mir mal. Wir brauchen noch mehr davon."

Rick entwirrte ein Stahlkabel. Als Tom meinte, die Länge würde jetzt genügen, schleiften sie es gemeinsam zum Auto.

Auf dem Weg zurück waren sie endgültig durchnäßt. Die Plastikplanen hatte der Wind davongeweht, während sie sich mit dem Rettungswerkzeug abmühten.

„Jetzt müssen wir das nur noch richtig miteinander verbinden, und dann können wir bald los."

Nach Toms Anweisungen spannte Rick das Kabel zwischen zwei Alleebäume, und zwar auf der gegenüberliegenden Straßenseite vom Auto aus. In der Mitte befestigte Tom die Winde. Von da zogen sie ein Stück aufgerolltes Kabel zum Wagen hinüber und schlangen es um die Schleppöse unter der vorderen Stoßstange.

„Und jetzt ganz langsam – nicht, daß wir auch noch einen Baum ausreißen", rief Tom seinem Freund zu, der sich bereits hinter das Steuer geklemmt hatte.

Tom stand neben der Handkurbel. Rick ließ den Wagen an und gab vorsichtig Gas.

Die y-förmige Konstruktion bewährte sich. Tom drehte langsam an der Kurbel. Sie war im wörtlichen wie im übertragenen Sinn der Dreh- und Angelpunkt des ganzen Versuchs. Zentimeter um Zentimeter wand sich das Stahlkabel um die Trommel der Winde. Das verrostete Getriebe ließ sich nur schwer bewegen, und die Knöchel seiner klammen Hände, mit denen er die Kurbel umspannte, wurden weiß vor Anstrengung. Auf den Bäumen lastete ein derart starker Zug, daß sie bedenklich knackten. Während die Kabel immer straffer wurden, ließ sich allmählich der Wagen bewegen.

„Eine Spitzenidee!“ rief Rick vergnügt.

„Und du kannst dich vielleicht mal für die nächste Traktoren-Rallye bewerben!“ antwortete Tom.

Langsam, aber sicher zog sich der Wagen aus dem Graben. Tom machte Kabel und Kurbel los und legte beides hinter einen Baum.

Im Auto zogen sie erst mal ihre Stiefel aus, die zuletzt wie Bleigewichte an ihnen gehangen hatten.

„Am besten, wir lassen sie am Boden trocknen“, schlug Rick vor.

Nur mit Socken an den Füßen bediente er die Pedale. Er wendete und fuhr vorsichtig über die Allee zur Landstraße zurück.

„Willst du's nicht noch mal versuchen?“

Tom schaltete den Bordtransceiver ein und betätigte den Scanner. Endlich war das typische Fiepen und Zwitschern der abgesuchten Frequenzbereiche zu hören.

„Klar, jetzt, wo das Gewitter aufgehört hat“, dachte Rick laut vor sich hin und schaltete die Scheibenwischer auf Intervallbetrieb. „Ist dir eigentlich auch schon aufgefallen, daß der Regen immer dann gerade nicht aufhört, wenn du draußen bist und naß wirst?“

Tom lachte über Ricks Gedankenakrobatik – es klang schon fast so, als habe sein Freund soeben zu Murphys Gesetzen ein neues hinzuformuliert.

„Tom, bist du's?“ Durch den Lautsprecher knackelte die Stimme von Mrs. Benson.

„Ja, Mom. Ich sitze mit Ricky im Wagen von Professor Coleman. Wir hatten... hm – ja also, wir mußten anhalten und warten, bis das Gewitter vorbei war.“

„Wir haben uns schon Sorgen gemacht.“ Trotz der großen Entfernung war das Mrs. Benson auch anzuhören. „Vater und Coleman sind bereits hier und laden euern Kram aus.“

Rick stieß Tom an. Sie wußten, was Toms Mutter davon

hielt, immer noch mehr Apparate zu sammeln. Sie war der Meinung, daß in der Werkstatt von Tom und seinem Vater bereits genügend unnützes Zeug herumliege.

„Wozu ihr noch mehr von den Dingern braucht, kann ich beim besten Willen nicht verstehen. Wie dem auch sei, Tom, dein Vater ist mit Coleman in der Werkstatt, und ich sag schon mal Bescheid, daß ihr bald da sein werdet."

„Danke, Mom, gibt's dann was zu essen?"

Am anderen Ende war es still. Plötzlich krächzte eine gedehnte Stimme durch den Lautsprecher.

„Essen, Essen, sei aufs Essen nicht so versessen!"

Rick schaute Tom an. Tom schüttelte das Mikrofon, als wollte er die merkwürdige Stimme herausschütteln. Dann versetzte er dem Radio einen leichten Schlag.

„Muß irgendeine Störung sein", sagte Rick.

„Stören, stören, das kann ich nicht mehr hören."

„Mona!" riefen Tom und Rick gleichzeitig.

„Okay, Mona-Herz, geh mal schön brav aus der Leitung", forderte Rick ohne jegliche Begrüßung.

„Warum sollte ich?"

„Wenn nicht, dann werd ich dafür sorgen, daß dein Freund erfährt, was ich ihm nicht sagen sollte."

„Aber du hast doch versprochen...", protestierte Mona.

„Ey Tom, wußtest du, daß meine Schwester in ihrem Zimmer..."

„Rick, ich bring dich um!" kreischte Monas Stimme durch den Lautsprecher.

„Schluß jetzt!" Mrs. Benson schaltete sich ein. „Ihr macht noch die Endstufentreiber kaputt mit dem Geschrei! Schon gut, Mona. Und ihr beide schaut mal, daß ihr nach Hause kommt. Tschüs."

Tom beugte sich vor, um das Mikro wieder festzuklemmen. Er schaute zum Fenster hinaus und überdachte noch einmal die Ereignisse des Tages.

Rick hatte sich vorgenommen, wieder auf das Thema von

vorhin zurückzukommen.

„Sag mal, wie steht es eigentlich mit dir und Mona?"

Tom wollte die Frage übergehen. Es war ein unvermeidliches Thema, das da wieder aufkam.

Mädchen gegenüber war er eher zurückhaltend. Mona jedoch kannte er schon seit Jahren als Nachbarskind, deshalb war sie das einzige Mädchen, in dessen Nähe er sich wohl fühlte. Aber nicht im Sinn von Verliebtsein; andererseits war sie ihm nicht gleichgültig. Darüber hatte er mit ihr auch schon gesprochen.

„Willst du, daß ich sie heirate?"

Diese Unterstellung traf Rick so sehr, daß er beinahe noch einmal in den Graben gefahren wäre.

„Paß doch auf, verdammt noch mal! Diesmal kannst du dich aber wirklich nicht auf den Donner rausreden."

„Was heißt hier auf den Donner rausreden? – Was du da eben gesagt hast, hatte mindestens genauso ein Kaliber. Wie war das gleich noch mal?"

„Das über mich und Mona, von wegen heiraten?"

Fast wäre Rick das Kinn runtergeklappt. Er packte das Lenkrad fester.

„Tja, Mona und ich..." Tom versuchte, Zeit zu gewinnen. „Immerhin haben wir viel gemeinsam. Wir sind beide gerade fünfzehn. Wir gehen in die gleiche Schule und sitzen zum Teil auch in den gleichen Kursen, wie du ja weißt."

Rick nickte kurz. Es war eher wie ein leichtes Zucken.

„Ey, Ricky, schau, ich hab doch noch nicht mal den Führerschein. Weshalb sollte ich jetzt schon an den Trauschein denken?"

Für Rick war das kein Spaß mehr. Er lächelte etwas geziert. „Sag mal, was denkst du eigentlich von mir, verdammt noch mal! Meinst du vielleicht, ich würde das erwarten?"

„Weil du und ein paar andere Schnullis immer wieder damit rumnervt, wir hätten was miteinander. Die meiste Zeit tun wir so, als würden wir's nicht merken. Aber es dringt trotzdem durch. Es ist gut, wie es nun mal ist. Nichts Offizielles und trotzdem okay. Warum könnt ihr das denn nicht kapieren? Erst mal müssen wir herausfinden, was wir überhaupt wollen. Wenn wir's wissen, geben wir euch Bescheid."

Zum ersten Mal fühlte sich Rick mit seinem besten Freund unbehaglich.

„Ich wollte dir nicht zu nahe treten."

„Schon gut, weiß ich. Laß uns mal ganz cool bleiben."

Schweigend fuhren sie die Schnellstraße entlang. Der Wind pfiff durch ein Seitenfenster. Auf einige Geräte, die sie mitgenommen hatten, war Tom besonders gespannt. Rick konzentrierte sich aufs Fahren und riskierte aus den Augenwinkeln heraus immer wieder einen Blick auf die elektronischen Anzeigetafeln entlang der Autobahn. Die Werbetafeln für Restaurants hatten es ihm angetan. Das war im Augenblick seine geistige Nahrung.

Es dauerte nicht lange, und zwischen ihnen war wieder alles wie sonst. Nach einem derart aufregenden Tag freuten sie sich auf zu Hause. Am meisten sehnten sie sich nach einer heißen Dusche und trockenen Klamotten.

„Verdammter Mist! Was hab ich denn jetzt schon wieder verbrochen?" fauchte Rick. Ein rhythmisches Piepsen zwischen den Sonnenblenden riß Tom endgültig aus seinen Gedanken. Er richtete sich auf, als sein Freund auf den Bildschirm des elektronischen Rückspiegels zeigte. Blaulicht, dessen Blitzen immer näher kam.

„Aber diesmal bin ich wirklich nicht zu schnell gewesen."

Kaum hatte er den Satz beendet, da blendete das Leitsystem die Aufforderung ein, in den Seitenstreifen hinüberzuscheren. Rick zog den Wagen nach rechts auf die Standspur, und im nächsten Moment fegte ein rasant gestylter Sportflitzer an ihnen vorbei.

Trotz der Geschwindigkeit glaubte Tom den Fahrer erkannt zu haben. „Das war Mills!"

„Wer?“

„Der Typ mit dem Bürstenschnitt, Douglas Mills! Der die Waffe gezogen hat.“

Nachdem der Sportwagen vorbei war, schaute Rick noch mal auf den Bilschirm. Der Warnsummer ertönte immer noch.

Plötzlich wurden sie von einem Streifenwagen überholt, der hinter dem Sportwagen herjagte. Soweit Tom und Rick die Strecke überblicken konnten, war eine regelrechte Verfolgungsjagd im Gange.

„Superturbolader.“ Rick grinste, während er den Wagen wieder auf die Fahrbahn lenkte. „In so einer Flunder schläfste beim Fahren auch noch bei 200 Sachen ein, so flach mußte da liegen“, sinnierte er.

„Ich wußte, daß der Professor schon mit Langstrecken-Akkus fährt. Nur deswegen war ich überhaupt bereit, bei dir mitzufahren, Ricky.“

Dies war nur teilweise ein Scherz, denn Rick galt als sehr rasanter Fahrer. Aber zum Glück war sein Ruf in puncto Sicherheit nicht weniger beachtlich. Als er letztes Jahr für das Big Byte den Pizzaausfahrer machte, hatte er Gelgenheit, Sicherheit und Schnelligkeit gleichzeitig zu trainieren. Das Big Byte war ein heißer Tip unter den jungen Stantonern. Das Byte gab die dampfend heißen Pizzen aus, Rick packte sie ein und brachte sie so schnell zu den Kunden, daß die Peperoni noch nicht einmal voll in den Teig gesunken waren. Weil es niemand wagte, mit ihm zu fahren, konnten seine Lieferzeiten nicht genau ausgerechnet werden. Durch einige unklar formulierte Aufträge und Stornierungen war er dann zeitlich etliche Male ins Schleudern gekommen. Nach einer Weile verlor er schließlich den Job.

Mittlerweile war es schon über zwei Stunden her, daß sie das Emerald Kraftwerk verlassen hatten. Tom und Rick freuten sich auf zu Hause.

Jedesmal genossen sie es von neuem, über die höher

gelegene Autobahn auf Stanton zuzurollen. Von hier aus wirkten die modernen Stahl- und Glasbauwerke inmitten der Felder und Weiden wie Edelsteine auf grünem Samt. Die Tante-Emma-Läden, die Post und eine Reihe alter Häuser waren abgerissen worden, und zwar im Zuge des Aufschwungs, den vor etwa zehn Jahren die Mikroelektronik genommen hatte. Die Hightech-Firmen benötigten mehr neue und immer größere Werkstätten sowie Lagerräume, als die Industrieparks der sechziger und siebziger Jahre bieten konnten. So kam es, daß sich die Firmen in der ländlichen Umgebung ansiedelten. Zwischen Feldern und Wiesen weitete sich die ehemals idyllische Landgemeinde allmählich zu einer neuen Stadt aus. Dadurch ging einiges an Landwirtschaftsfläche verloren. Trotzdem zogen die Farmer ihren Gewinn aus dieser Veränderung. Die Techniker hatten sich für die landwirtschaftliche Erzeugung interessiert und entwickelten zeitsparende Methoden der Bewirtschaftung. Dadurch konnten die Farmer schließlich etwa fünfmal mehr produzieren als vordem.

Rick steuerte die Ausfahrt zum Matrix Boulevard an. Tom war immer noch in den Anblick der Stadt vertieft, wie sie hier mitten im Grünen vor ihnen lag. Dabei wurde ihm bewußt, daß es für ihn eigentlich ein rechtes Glück war, hier zu leben. Einerseits konnte er sich jederzeit ein Forschungslabor ansehen, in dem zum Beispiel gerade die neueste Satellitentechnik entwickelt wurde. Andererseits graste keine fünf Minuten davon entfernt die nächste Kuhherde.

Manchmal ging es ihm so, daß ihn die Kühe mehr interessierten als Computer. Aber vermutlich deswegen, weil er nicht ständig auf einer Farm arbeiten mußte.

„Gleich sind wir da", meinte Rick erleichtert. Er bog in die Abfahrt.

„Auspacken werden wir später", schlug Tom vor, als sie den Matrix Boulevard erreichten.

Kurz vor dem Haus Nr. 208 bemerkten sie einen windschnittigen Sportwagen. Es war der gleiche, der sie vorhin in rasendem Tempo überholt hatte und dann von der Polizei verfolgt worden war.

Tom meinte, Rick sollte den Wagen bei sich in der Einfahrt abstellen. Dadurch hätten sie noch ein wenig Zeit, um die Situation zu überdenken. Durchnäßt und müde, wie sie waren, ließen sie die erdklumpenschweren Stiefel im Auto und gingen auf Socken zu den Bensons hinüber.

Sie erreichten den Weg zum Seiteneingang gerade rechtzeitig, um noch mitzubekommen, wie Douglas Mills und Ray Ginsler das Haus verließen. Beide trugen braune zylinderförmige Behälter. Es waren genau solche Behälter, in denen radioaktiver Abfall transportiert wurde.

Heiße Sohlen

„Wir haben die Geräte noch einmal überprüft, die ihr aus der alten Steuerungszentrale mitgenommen habt." Damit wandte sich Ray Ginsler an die etwas überraschten Jungen.

„Professor Coleman hat mir gar nichts davon gesagt, daß ihr euch so viel von den alten Sachen geholt habt."

Douglas Mills klopfte mit den Fingerspitzen auf den zylindrischen Behälter. „Dies hier lag in einer der Kisten."

Tom und Rick beteuerten, nichts davon gewußt zu haben.

„So gesehen, werdet ihr sicher verstehen, daß wir uns natürlich fragen müssen, was sonst noch bei eurer selbstlosen Antiquitätenrettungsaktion alles mitgegangen ist; ganz unabsichtlich, natürlich", setzte Ginsler noch hinzu.

Tom Benson ließ sich nicht in die Enge treiben. „Der Professor hat aber jedes einzelne Stück abgesegnet."

Nun lenkten die Männer vom Emerald Kraftwerk ein. Sie meinten, daß sie alles noch mal durchgecheckt hätten und die Jungs die Geräte behalten könnten.

Mills wollte jetzt noch wissen, ob das da drin auch wirklich alle Instrumente aus dem Kraftwerk gewesen wären, und zeigte dabei auf die Werkstatt.

Tom nickte. Rick verzog keine Miene.

„Ich nehme an, ihr versteht", murmelte Ray Ginsler, während er sich mit Mills zum Gehen wandte.

Rick zwang sich dazu, nichts von ihrem Abstecher auf dem Nachhauseweg zu erwähnen. Je eher die beiden weg sind, dachte er sich, desto besser.

„Tommy, du hast ja den Wagen vom Professor gar nicht erwähnt", wunderte sich Rick, als die Männer außer Hörweite waren. „Dabei ist der doch voll von dem Zeug."

Sein Freund zuckte nur leicht mit den Schultern. „Wenn da wirklich was Bedeutendes dabeisein sollte, kriegen sie's auch zurück. Aber jetzt laß uns erst mal herausfinden, was für die so wichtig sein könnte."

Zusammen gingen sie nun ins Haus. Dabei liefen sie als erstes Mrs. Benson über den Weg.

„Tom, wie siehst du denn aus – seid ihr beim Moto-Cross gewesen? Und du Ricky, du strahlst ja auch nicht gerade vor Sauberkeit. Geh doch erst mal rüber und zieh dich um! Für dich, Sohnemann, werd ich gleich mal ein Bad einlassen."

Da gab's keine Widerrede. Mrs. Benson hielt auf Sauberkeit. Auch in ihrem sonstigen Lebensstil ließ sie keine Disziplinlosigkeiten durchgehen. Vermutlich war sie deshalb auch für ihr Alter noch so gut in Form. Selbst Jahre nach der Heirat mit ihrer großen Collegeliebe Mike Benson wirkte sie sehr anmutig. Allerdings übte sie einen Beruf aus, der sie in Form hielt – obwohl die Jahre auch an ihr nicht spurlos vorübergegangen waren. Sie arbeitete als Gymnastiklehrerin im städtischen Fitnesszentrum. Von Mann und Sohn, die sich in ihren Interessen sehr ähnlich waren, erwartete sie allerdings, daß auch sie in sportlicher Hinsicht etwas für sich täten.

Während Rick nach Hause ging, versuchte Tom, sich mit einem Kastanienschaumbad die Glieder zu wärmen und zu entspannen. Danach fühlte er sich wieder frisch genug, um die Neuerwerbungen für seine Werkstatt zu begutachten.

Diese Werkstatt war im rückwärtigen Teil der Garage eingerichtet worden. Hier machten Tom und Rick ihre Entdeckungen. Obwohl Mr. Benson diese Werkstatt für seinen Sohn eingerichtet hatte, benutzte er sie selbst recht häufig, insbesondere wenn er nicht in den Räumen der Bendatacon arbeitete, seinem Beratungsbüro für elektronische Datenverarbeitung in Stanton. Als Tom nun frisch gebadet zur Tür hereintrat, sah er, wie sich sein Vater und der Professor recht angeregt unterhielten.

„Waren die auch hier drin?" wollte Tom wissen.

Der Professor wandte sich dem Jungen zu und meinte: „Ja, wir hatten unerwarteten Besuch. Man hätte denken können, wir wären mit den Kronjuwelen durchgegangen."

Tom war ganz begierig zu erfahren, wo die beiden Männer die zylindrischen Behälter gefunden hätten.

Toms Vater und der Professor schauten sich unentschlossen an. Auf Tom wirkte es, als wollte einer den anderen dazu bringen, den Vorfall zu erzählen.

„Vermutlich haben sie sie aus dem Ärmel gezaubert." Gleich darauf wurde Coleman wieder ernst. „Das heißt, wir nehmen an, daß Mr. Ginsler und Mr. Mills ‚etwas Bestimmtes' finden *mußten*."

„Soll das etwa bedeuten, daß sie das Ganze fingiert haben?"

„Genau das, Tom. Aus irgendeinem Grund haben die geglaubt, daß wir etwas besonders Heißes mitgenommen hätten. Sie konnten es aber nicht finden. Damit das Ganze nicht so durchsichtig wirken sollte, sind sie auf den Trick mit den Behältern verfallen."

„Da kenne sich einer aus!" Tom wunderte sich, weshalb die Männer vom Kraftwerk nicht einfach gekommen waren und klipp und klar gesagt hatten, was sie vermißten. Wieso

4 9111-10

mußten sie lügen? Wenn doch die Menschen nicht alles komplizieren würden durch solch ein Verhalten – vielleicht gliche die Welt dann nicht so sehr einem unlösbaren Kreuzworträtsel.

„Wie auch immer“, unterbrach der Professor jetzt Toms Gedankengänge. „Das meiste haben wir schon durchgesehen. Einiges davon werdet ihr wohl kaum verwenden können, aber selbst dann bleibt noch genügend übrig, mit dem ihr über Monate beschäftigt sein werdet.“

„Ist irgendwas Besonderes dabei?“

„Ihr müßt es selbst durchsehen, und wenn ihr euch nicht mehr zurechtfinden solltet, wird euch Mr. Benson schon helfen.“

Mike Benson lächelte: „Wie immer, wenn sie rettungslos in einer Endlosschleife stecken.“

In einer Ecke des Raumes wurden gerade Computerausdrucke sortiert. Es hatten sich mittlerweile so viele angehäuft, daß sie in zwei Schachteln untergebracht werden mußten. Weil dies eine zu eintönige Arbeit war, um menschliche Arbeitszeit darauf zu verschwenden, hatte man Mr. Chips eingesetzt.

„Ihr habt ihn ja wieder in Gang gebracht!“ Tom schien fassungslos, als er den Hausroboter bemerkte.

„Mit Colemans Hilfe.“

Der Professor hob nur leicht die Schultern. „Einer der Encoder mußte neu abgeglichen werden. Wirklich nichts Besonderes. Das gleiche passiert mir mit meinem auch öfter mal. Euer Mr. Chips muß neulich mal hingefallen sein.“

Für die Bensons war es einfacher, sich um die Wartung des Roboters zu kümmern, als ein Haustier zu versorgen. Und Mr. Chips war ihnen nicht nur ebenso ans Herz gewachsen wie ein liebgewonnenes Haustier, sondern darüber hinaus eine unschätzbare Hilfe bei allen möglichen praktischen Aufgaben im Hause. Tom und sein Vater hatten ihn aus überschüssigen Teilen, einziehbaren Rädern, Hebeln, präzisen Greifarmen und einer aufwendigen Zentraleinheit aus verschiedenen Mikroprozessoren zusammengebaut. Hauptaufgaben von Mr. Chips waren Bewachung und Betreuung des Hauses. Seine Leistungsfähigkeit als selbständiger Daten- und Kommunikations-Transceiver hatte er schon bei früheren Abenteuern von TRM unter Beweis gestellt, so etwa, als es um das „Geheimprogramm Bienenstich“ gegangen war...

„Vielleicht könnte jetzt sogar Mr. Chips die restlichen Geräte aus dem Wagen vom Professor holen“, schlug Tom vor.

Mr. Benson hingegen bestand darauf, daß sich Tom dabei doch lieber von Rick helfen lassen sollte. „Unser kleiner Blechtrottel ist hier genau am richtigen Platz, laßt ihn erst mal das hier erledigen – irgendwann muß es ja mal gemacht werden, und von euch hat garantiert niemand Lust zu so einem Idiotengeschäft.“

Als Tom an eines der Seitenfenster des Nachbarhauses klopfte, winkte ihn Mrs. Powell herein. „Sag mal, wo wart ihr beiden denn heute? Etwa beim Rodeo? Das war ja unglaublich, was Rick hier für einen Dreck reingetragen hat.“

Tom spann den Faden weiter: „Er wollte zum Essen ausgehen, aber ich hab ihm klargemacht, daß Sie ihn auf Wasser und Brot setzen würden, wenn er sich nicht vorher unter die Dusche stellt.“

„Für ihn sicher schlimmer als Enterben!“ Nach dieser kleinen Wortrangelei wollte Mrs. Powell aber doch wissen, wie Toms Mutter denn reagiert hätte.

„Auch nicht anders. Kühle Worte und ein heißes Bad.“

Tom genoß es immer wieder, mit Ricks Mutter solche scherzhaften Sticheleien auszutauschen. Sie war meist guter Dinge und als Mathematiklehrerin an der Stantoner High-School sehr beliebt. Für Mona und Rick sorgte sie seit ihrer Scheidung allein. Ihre wiedergewonnene Lebensfreude übertrug sich dabei auch auf die Kinder. Und zwar so ungebrochen, daß nichts mehr von dem früheren Leid zu spüren war.

Als Mr. Powell die Familie verlassen hatte, war Tom noch sehr jung gewesen, aber er konnte sich noch gut an die Zeit erinnern, in der seine Eltern Kay Powell getröstet hatten. Schließlich nahm Mrs. Powell ihr Leben wieder in die Hand und kehrte in ihren Beruf zurück. Am Beispiel der Mutter konnten Mona und Rick erleben, was es heißt durchzuhalten.

Ohne große Vorreden kam sie jetzt auf ein anderes Thema zu sprechen. „Übrigens, ich hab zufällig eine Lerndiskette entdeckt, die gerade auf dem Markt getestet wird. Es ist ein Kompaktprogramm für Mathe- und Chemiekurse. Falls es dich interessieren sollte, schau sie dir an."

„Das wär prima."

„Du mußt dir die Diskette von Mona holen, sie ist nämlich zuerst dran." Dann senkte Mrs. Powell die Stimme, als wollte sie Tom etwas anvertrauen. „Mona nimmt ihren Job bei der Gesundheitsbehörde sehr ernst. Ich warte ja nur darauf, daß sie demnächst die Küche hier wegen unerträglicher hygienischer Risiken stillegen und das Haus unter Quarantäne stellen lassen will."

„So was Ähnliches hab ich auch schon läuten hören."

Als Mona eintrat, merkte sie, daß die beiden das Thema wechselten. Um die Augenpartie herum sah die Fünfzehnjährige ihrem Bruder sehr ähnlich. Ausnahmsweise lächelte das dunkelhaarige Mädchen nicht.

„Macht ihr euch über meine Arbeit lustig?" wollte sie wissen.

„Aber nein. Deine Mutter hat erzählt, wie ernst du sie nimmst. Und das ist doch gut. Schließlich dient doch die öffentliche Gesundheitsvorsorge dem Wohl von uns allen. Jeden Tag eine gute Tat, und so... oder?"

Als Tom aber bemerkte, daß Mona bedrückt wirkte, hörte er auf, sie aufzuziehen.

„Wißt ihr vielleicht, wo der Geigerzähler abgeblieben ist? Ich hab ihn irgendwo hingestellt und weiß nicht mehr, wo." Mona klang ziemlich nervös. „Ich muß ihn mitnehmen, wenn ich zu meiner Schicht antrete.“

Mrs. Powell zuckte mit den Achseln. „Hast du schon mal auf der Seitenveranda geschaut?“

„Aber ich hab ihn doch noch nie draußen stehengelassen!“

Sie suchte den Raum ab und versperrte Rick den Weg, als er eintreten wollte.

„Ey Tommy. Hast du dich schon bei ihr für das Gequäke durch den Äther bedankt?“ Rick macht Monas Stimme von vorhin im Radio nach: „Stören, stören – ich kann's schon nicht mehr hören.“

Mona überging das und verließ die Küche. Sie war zu sehr damit beschäftigt, den Geigerzähler wiederzufinden, als daß sie auf Ricks Späße hätte eingehen können.

Die beiden Jungen wollten sich jetzt um die Geräte kümmern, die sie aus dem Atomkraftwerk mitgebracht hatten. Rick nahm jetzt die beiden Paar Stiefel, um sie vor die Veranda zu stellen. Er setzte sie neben einen runden Ledersack auf dem ein Schild angenietet war. Darauf waren zwei Großbuchstaben eingraviert: „GS“.

Die Werkstatt ließ sich am besten von der Garage der Bensons erreichen. Deshalb ließ Rick den Wagen einfach im Leerlauf über den Matrix Boulevard rollen, bis er vor der etwas tiefer gelegenen, gegenüberliegenden Einfahrt anhielt.

Die Jungen schleppten die zahlreichen Geräte nach und nach in die Werkstatt und legten erst mal alles auf den Boden. Professor Coleman prüfte sie kurz auf ihren Zustand. Dann ordnete er die Einzelteile nach zusammengehörigen Gruppen.

„Falls ihr hier euer hauseigenes Atomkraftwerk errichten wollt, habt ihr dafür schon einiges beieinander“, meinte der alte Mann schmunzelnd. „So viel kommunikationstechnischen Kram habe ich seit meinem Sondergastspiel am MIT nicht mehr gesehen!“

Mr. Benson mußte über diese Anspielung lachen. Sie bezog sich auf den wohl bekanntesten Streich, der im Hightech-Bereich gespielt worden war. Tom und Rick wollten endlich mal die ganze Geschichte hören. Jedesmal wenn die Sprache darauf kam, brachen die Leute in ein geradezu hysterisches Lachen aus, noch bevor man mitbekommen hatte, worum es dabei eigentlich ging.

„Ob wir wohl jemals eingeweiht werden?“ fragte Tom in das schallende Gelächter der beiden Männer hinein.

Sein Vater vertröstete ihn auf ein andermal.

Jetzt war es vor allem wichtig, die Neuerwerbungen zu inventarisieren und in die bisherige Bestandsliste aufzunehmen. Eine neue Floppy Disk wurde ins Laufwerk eingelegt, das in der Nähe des RND Mikrocomputers auf dem Arbeitstisch stand. Tom meldete die Diskette an und tippte ein: „I.D.: EMERALD – GEBRAUCHTE EINZELTEILE“. Damit verschlüsselte er den Eintrag. Ein etwas langwieriges Verfahren – aber auf diese Weise konnte man jedes Stück erfassen. Mr. Benson gab eine kurze Beschreibung eines jeden Teiles ein, um genügend Querverweise zu ermöglichen.

Rick war gerade dabei, einen Ultraviolettlaserstift über jedes Stück zu ziehen. Damit wurden zwei Fliegen mit einer Klappe geschlagen: Der Laser zeichnete die Infos auf jedem Einzelteil auf, die Tom in den RND eingegeben hatte; außerdem fügte er einen geheimen Code bei, mit dem auch die ganze übrige Ausstattung der Werkstatt gekennzeichnet war.

„Was ist mit dem, Professor?“

Mike Benson hielt den KSD in der Hand, das heißt den Kristallbehälter, in dessen Innerem das rubinrote metallene Kernstück eingeschlossen lag. Der eigentliche Verwendungszweck dieses Gegenstandes blieb für die Jungen nach wie vor ein Rätsel.

„Ich hab ja schon in der Steuerzentrale erwähnt, daß dieses Gerät nur funktioniert, sobald ein ständiger Strom von spezifischer radioaktiver Strahlung vorhanden ist. Ich kann mir eigentlich nicht vorstellen, welchen Nutzen es jemals hier, innerhalb eurer häuslichen Umgebung, haben könnte."

In dem Augenblick legte Mr. Chips das letzte Blatt der Computerhardcopies in dem dafür vorgesehenen Kasten ab. Wie es ihm einprogrammiert worden war, bewegte sich der Roboter danach wieder auf seinen Standplatz zu. Dabei stieß er beinahe mit Professor Coleman zusammen.

„Gebt mir doch mal den Kernspaltungsdetektor rüber", bat Coleman.

Er nahm den Behälter, der so gut gestaltet war, daß er in einer Kunstausstellung hätte gezeigt werden können, und stellte ihn auf Mr. Chips' Kopf. Der kleine Hausroboter stand ungerührt auf seinem Posten an der Werkstattür. Wie ein außergewöhnliches Juwel erglühte er unter dem Rubinrot, das aus dem Inneren des KSD leuchtete.

„Dies dürfte wohl das Sinnvollste sein, was ihr damit machen könnt, nämlich euren Silikon-Butler zu schmücken." So etwas konnte nur von Coleman kommen. „Aber falls euch noch was anderes dazu einfällt, wozu es passen könnte, nur zu. Und da es so aussieht, als wärt ihr schon dabei, hier Ordnung zu schaffen, sollte ich vielleicht jetzt doch besser gehen."

„Nicht jetzt schon!" Mike erhob Einspruch. „Laura hat noch was vorbereitet für Sie."

Tom und Rick dankten dem Professor. Es kam von Herzen. Zusammen mit Mike Benson verließ Coleman nun die Werkstatt.

Rick gab seinen Eindruck zum besten: „Der ist echt Spitze, der Mann – ein richtiger Positronen-Merlin! Und diese Ausstrahlung! Ich wette, der alte Einstein war auch so ähnlich."

„Das scheint bei allen Physikern so zu sein. Schließlich muß es sich doch irgendwie auf die Persönlichkeit auswirken, wenn man Stück für Stück in die Geheimnisse des Universums eindringt", vermutete Tom.

Noch eine weitere Stunde lang erfaßten Tom und Rick die

neuen Geräte auf der Diskette und kennzeichneten sie mit dem Laserstift. Dann war für sie der Punkt erreicht, an dem sie einige ihrer Fundstücke ausprobieren wollten. Aber nun hatten sie die Qual der Wahl. Nach einer Weile schlug Rick eine Lösung vor.

„Laß uns deduktiv vorgehen!"

„Von dem Sohn einer Mathelehrerin hätte ich auch nichts anderes erwartet."

Rick stellte richtig: „Nein, ich meine so wie ein Detektiv, oder wenn's dir lieber ist, dann eben wie ein *Detuktiv*..."

Tom preßte ein gewollt gequältes Kichern hervor.

„Gut, jetzt mal ohne Schmarrn: Warum versuchen wir nicht, uns in Ray Ginsler und Doug Mills hineinzuversetzen?"

Tom war nicht gerade beeindruckt von dem Vorschlag.

„Also hör zu. Immerhin sind die beiden heute hierhergekommen und haben nach etwas gesucht, das ihnen besonders wichtig war, und außerdem war es ihnen wichtig, daß niemand anders dieses Ding in die Hände bekommt. Und was könnte das sein?" Rick hatte sich nicht beirren lassen. „Da müssen wir draufkommen. Und zwar, indem wir ganz streng logische Schlußfolgerungen anstellen. Und dann, wenn wir's haben, damit weiterarbeiten."

Eine schwierige Aufgabe. Aber sie bot genau den Kitzel, auf den Mona, Rick und Tom abfuhren. Ein Problem, dessen Lösung noch im verborgenen lag und das auch ein Denken auf Nebengleisen erforderte.

Rick saß auf dem Boden und ging einen Stapel von Geräten durch, die leicht zugänglich am Rand der ganzen Anordnung lagen. Das war die Gruppe mit der Aufschrift „Schnittstellen-Generatoren". Jetzt hielt er ein Gerät in die Höhe, das an ein ergonomisch gestaltetes digitales Eingabegerät erinnerte.

„Hier, überprüf das doch mal!"

Tom benutzte dafür die Rückkopplungsschaltung des Laserstiftes, der daraufhin als Lesegerät die aufgebrannten

Einträge in die vorhin angelegte Datenbasis des Computers einspeiste. Dann betrachtete er die Liste, die daraufhin über den Bildschirm rollte. Der INSTANT-INDEX, ein von ihm selbst entwickeltes Dateiverwaltungsprogramm, beschleunigte den Abfrage- und Suchprozeß beträchtlich. Es war deutlich leistungsfähiger als die üblichen, für seine Altersgenossen erschwinglichen Datenbankprogramme. Er tippte verschiedene Schlagworte in die Tastatur und konnte in Sekundenbruchteilen die Ergebnisse ablesen. Zufrieden pfiff er durch die Zähne.

„Ein Impulsdichte-Analysator."

„Was hatte dein Vater noch mal gemeint, wofür das gut sein soll?"

„Hier steht's", meinte Tom und beugte sich etwas vor, um den angezeigten Eintrag vom Monitor abzulesen: „ANALYSIERT KURZZEITIGE SIGNALSCHWANKUNGEN JEGLICHER ART, INSBESONDERE ENTLANG DICHTGEPACKTER, HOCHKOMPLEXER, INTEGRIERTER SCHALTUNGEN."

„Ah, ja, richtig."

„Also Ricky, auf gut deutsch, damit ist in etwa gemeint, daß dieses Ding da in deiner Hand vor fünfzehn Jahren ein wichtiges Gerät war. Vermutlich war es damals eine von den Kontrolleinheiten innerhalb des Atomkraftwerks. Damit wurden den Operatoren kleinste Impulsschwankungen direkt angezeigt."

„Und weshalb sollten Ginsler und Mills hinter dem Dingens hergewesen sein?"

Tom zuckte die Achseln. „Warum wärst du's?"

Eine ganze Weile war es jetzt still. Jeder dachte nach.

„Weißt du was, Tom? Vielleicht ist jetzt einfach nicht der richtige Zeitpunkt für deduktive Überlegungen."

Tom konnte es nur schlecht ertragen, daß sein Freund so schnell die Flinte ins Korn werfen wollte und reagierte deshalb ziemlich sauer. Er nahm den nächstgelegenen Stoß

Papier und warf ihn Rick an den Kopf. Der konnte ihn gerade noch abfangen und stolperte dabei nach hinten. Dabei stieß er gegen Mr. Chips, der immer noch den KSD auf seinem „Kopf“ trug. Doch da war Tom schon vorgehechtet und erwischte noch im letzten Moment das Kristallgehäuse.

Das war in zweierlei Hinsicht ein guter Fang. Einerseits war das Gerät nicht kaputtgegangen und zum anderen die Aufmerksamkeit der Freunde wieder darauf gelenkt worden.

„Ey, kann doch sein, daß Ginsler und Mills uns deswegen auf die Bude gerückt sind – was meinst du?“

„Weiß nicht...“

„Überleg mal: Gesehen haben sie ja nur, was schon hier war, bevor wir ankamen.“

„Während unser Schmuckstück hier noch im Wagen vom Prof lag.“

Und damit waren sie wieder bei der Ausgangsfrage: Weshalb mochten die beiden Männer dahinter hergewesen sein?

„Ist da jemand?“

Die Eingangstür knarrte, und Mona Powell steckte den Kopf herein. Der Anblick, der sich ihr bot, überraschte sie ein wenig. Ihr Bruder lag auf dem Boden, in der einen Hand einen Stoß Papier, in der anderen ein ihr unbekanntes Gerät. Tom kniete und umklammerte einen Kristallbehälter, in dem ein rubinrot ummantelter Metallgegenstand leuchtete.

„Na, übt ihr euch in Scharaden?“

Tom und Rick waren schnell wieder auf den Beinen und erzählten Mona voller Begeisterung, worauf sie durch ihre detektivisch-deduktiven Überlegungen gestoßen waren. Als sie damit zu Ende waren, warteten sie gespannt auf Monas Antwort. Sie aber zeigte gar kein Interesse.

„Dafür hab ich im Moment keinen Nerv. Es ist etwas passiert, das vielleicht wichtiger ist. Könnt ihr mir mal genau sagen, wo ihr heute wart?“

Rick schaute zu Tom hinüber. „Was hat das denn mit dem KSD zu tun? Du weißt doch, daß wir heute mit Toms Vater

im Atomkraftwerk waren."
„Stammt von da auch der Dreck an euern Stiefeln?"
Rick lachte. „Sag mal, ist unser Muttchen sauer, weil ich nicht genügend auf mein Schuhwerk aufgepaßt hab? Dagegen hat man ja so etwas wie Schuheputzen erfunden."
„Hör auf, du Scherzkeks; Ricky, ich mein's wirklich ernst!"
Tom merkte an Monas starrem Gesicht, daß es tatsächlich etwas gab, worüber sie beunruhigt war. Deshalb schaltete er sich ein: „Mona, was gibt's?"
Mona fragte noch mal, diesmal noch eindringlicher: „Kommt der Dreck an euern Stiefeln aus dem Atomkraftwerk?"
Tom verneinte klar und deutlich. „Wir sind steckengeblieben, und zwar in der Nähe von einem Schrottplatz. Warum?"
„Könnt ihr genau sagen, wo das war?"
„Ey sag mal! Soll das ein Polizeiverhör werden?"
„Rick, das ist kein Spaß mehr, kommt mal mit."
Mona drehte sich um und ging hinaus. Rick und Tom folgten ihr. Monas Fragen hatten sie neugierig gemacht. Schnell sicherten sie noch die Werkstatt mit dem digitalen Sicherheitsschloß und eilten ihr hinterher.
Nicht ein Wort wurde gewechselt, als Mona die Freunde über die Straße führte. Von der Straßenbeleuchtung fiel ein warmes Licht auf die Umgebung. Gemütlich eingerichtete Häuser und ausgedehnte Rasenflächen waren typisch für diesen Teil von Stanton, in dem man sich sicher und geborgen fühlen konnte.
Kurz vor der Veranda des Powellschen Hauses flüsterte Mona den Freunden zu, daß Mom nichts hören dürfe.
Sie zeigte auf die beiden Paar schmutzverklumpter Stiefel auf dem Verandaboden. Daneben lag ein offener Ledersack mit der Aufschrift „G.S.". In dem Ledersack steckte ein Apparat, der aussah wie ein Voltmeter mit Analoganzeige.
„Ihr wißt doch, ich hab vorhin wie blöd nach meinem Geigerzähler gesucht."

„Ach ja, und Ma meinte, du solltest mal auf der Veranda nachschauen. Du warst dir aber ganz sicher, daß du ihn niemals draußen stehenlassen würdest. Tja, Schwesterchen, du scheinst dich getäuscht zu haben."

„Zu euerm Glück, kann ich da nur sagen. Ich muß doch für das Gesundheitsamt messen, wie hoch die Strahlenbelastung bei den Stadtwerken ist." Trotz Ricks Frotzelei hatte sie betont sanft gesprochen. „So, und nun schaut mal auf den Geigerzähler."

Tom und Rick fühlten sich mittlerweile schon recht unbehaglich, während sie sich über das Gerät beugten. Sie starrten auf den Meßfühler, der unmittelbar neben ihren schlammverkrusteten Stiefeln lehnte.

Der Zeiger des Geigerzählers stand unbeweglich auf „Extreme Gefahrenzone".

Ein seltsamer Anruf

„Ich muß jetzt meine Schicht im Gesundheitsamt antreten." Mona wandte sich an Tom: „Am besten ist, du kommst auch gleich mit." Sie packte ihren Geigerzähler ein.

Wie üblich, brachte Rick seine Schwester im Sportwagen hin. Heute aber, angesichts der ungewöhnlichen Ereignisse begleiteten die Freunde Mona auch hinein.

Das Gebäude mit seinen Glaswänden lag im alten Teil von Stanton. Das bedeutete, wie jeder wußte, daß es ein Jahr vor dem Ansturm der Hightech-Firmen gebaut worden war.

Tom und Rick trugen einen Bleisack, und Mona hielt den Beutel mit dem Geigerzähler. Eher als die Freunde sich hätten vorstellen können, hatte er jetzt schon seinen Wert bewiesen.

In der Gesundheitsbehörde arbeiteten Schüler der Stantoner High-School und auch Studenten vom nahegelegenen College. Damit bot sich den Schülern eine seltene Chance. Sie lernten nicht nur im Unterricht, sondern konnten bereits Erfahrungen in der Arbeitswelt sammeln. Für die spätere Berufswahl war dieses Praktikum von großem Vorteil. Die Direktoren zahlreicher Schulen im Umland kamen nach Stanton, um dieses System kennenzulernen.

Die Gänge waren ziemlich leer. „Ist ja nicht allzuviel los hier“, meinte Tom.

„Du müßtest mal tagsüber da sein“, erwiderte Mona. „Wie in einem Bienenstock. Nach Büroschluß arbeitet hier nur eine Art Notdienst.“

Auf dem Weg zu einer kleineren Abteilung erklärte Mona: „Dies hier ist mein Bereich.“ Über dem Eingang stand „Industrieüberwachung“.

Zwei Angestellte nickten Mona zu, als sie durch die Glastür kam. Der Anblick ihrer Begleiter überraschte die Männer.

„Na, Mona, abendlicher Herrenbesuch?“

„Ach Harry, hör doch auf! Siehst du nicht, daß die beiden ihr helfen?“

Diese verständnisvollen Worte kamen von einer Frau, die gerade in der Nähe zu tun hatte. Sie war etwa um die Sechzig und trug den blauen Arbeitskittel der dienstälteren Labortechniker. Mona stellte Dr. Skyne den Freunden vor.

Lächelnd erkundigte sich Dr. Skyne, was denn in dem Sack wäre.

Tom und Rick setzten ihn auf einem Tisch ab. Weil sie sich nun in Monas Arbeitsbereich aufhielten, war es klar, daß Mona das Gespräch auch führen sollte.

„Den Inhalt hier würd ich gern im Strahlenlabor testen lassen.“

Harry interessierte sich auch für den Sackinhalt.

„Zwei Paar Schuhe“, antwortete Mona.

„Und was ist mit den Socken?“

„Harry, jetzt geh mal bitte wieder an deinen Spectralizer!“ Ganz offensichtlich war Dr. Skyne der Chef dieser Abteilung. Während sie eine weitere Frage an Mona richtete, schaute sie rüber zu Tom und Rick. „Und warum sollen sie deiner Meinung nach in der Strahlenkammer getestet werden?“

„Nun, Dr. Skyne, zufällig hab ich den Meßfühler meines Geigerzählers neben diesen Schuhen liegengelassen. Als ich später nachschaute, stand das Anzeige-Instrument auf ‚Extrem gefährdet‘.“

Diese Erklärung überzeugte Dr. Skyne. Auf ihrem Tischcomputer, einem BEN2-Terminal forderte sie die Laborbelegungsliste für diese Nacht und meldete einen Termin an.

„In eineinhalb Stunden ist die Kabine frei“, meldete Dr. Skyne. Sie ergriff ihren Geigerzähler vom Labortisch, hielt ihn neben den Bleisack und drehte an den Knöpfen des Gerätes. Dann nickte sie, murmelte irgend etwas Unverständliches und öffnete den Verschluß einen Spaltbreit, um den Sensor darüber zu halten. Nach einem Blick auf die Anzeige wandte sie sich wieder Mona zu. „Auf was für eine Empfindlichkeit war dein Zähler eingestellt?“

Mona wollte sofort nachsehen, doch Dr. Skyne hielt sie fest. „Ich bin mir sicher, daß die Stiefel nur geringfügig verseucht sein können, sonst hätte bei meinem Apparat sofort die rote Lampe gebrannt. Aber auch, wenn der Meßfehler eine ganze Zehnerpotenz beträgt, müssen wir uns die Sache genau vornehmen.“

Mona gab Tom und Rick zu verstehen, daß ihre Anwesenheit nicht weiter erforderlich wäre. In einer geradezu geschäftsmäßig höflichen Weise entließ Mona ihre Freunde. Während Tom und Rick die Abteilung für Industrieüberwachung verließen, blickte sich Rick noch einmal um. Er sah, wie Mona gerade Dr. Skyne dabei half, den Bleisack auf einen Rolltisch zu hieven.

Ein vertrautes Gefühl meldete sich bei Rick, als sie wieder draußen in der frischen Abendluft standen.

„Mir fällt gerade etwas ein, das ich vergessen hab.“

„Tja, Rick, so ist das nun mal. Erinnern tut man sich meistens an das, was man vergessen hat."

„Was täte ich ohne deine messerscharfen Analysen? Aber das ändert nichts daran, daß ich seit einer ganzen Weile keine Kalorien nachgefüllt habe!" Ricky wirkte leicht geschockt bei diesem Gedanken. „Über der ganzen Aufregung, erst mal wieder nach Hause zu kommen und dann der Streß mit den Geräten – ausladen und auch noch erfassen, hab ich glatt vergessen, mir was zwischen die Beißer zu klemmen."

Tom mußte zugeben, daß auch er hungrig war. Gegen ihren Heißhunger half nur eins: das Big Byte.

Dieses bei den Stantoner Jugendlichen besonders beliebte Restaurant bot für wenig Geld eine hervorragende Schnellküche. Zu den Spezialitäten des Hauses gehörten dicke Sandwiches, Pizzen und eisgekühlte Fruchtshakes. Da es ganz nah bei der Stantoner High-School lag, war das Byte zum allgemeinen Schülertreff geworden, vor allem bei den Jungen. Wo sonst konnte man noch bei einem ordentlichen Sandwich in aller Ruhe Mädchen beobachten? Ricks Meinung nach eben nur im Byte.

Tom und Rick entschieden sich für einen Tisch in der Nähe des Eingangs. Auf jedem der Tische stand ein kleiner Tischterminal, der die Tageskarte anzeigte. Nachdem man sich entschieden hatte, mußte lediglich der entsprechende Code eingegeben werden, der an die Küche weiterging. Der Küchenchef las von seinem Monitor die angezeigten Bestellungen ab, bestätigte die Entgegennahme und gab die Menüwünsche weiter. Tom und Rick schauten die Speisekarte durch und nahmen das Übliche.

Während sie auf das Essen warteten, besprachen sie, ob sie danach bei Mona vorbeigehen sollten.

Tom meinte, es wäre besser, nicht zu drängen, sie würde schon anrufen, sobald der Test gemacht worden sei. „Außerdem, laß uns mal das Päuschen genießen!"

Das bot sich auch an. Genüßlich verdrückten sie ihr

„Kilobyte-Clubsandwich", während über den Farbmonitor ihres Tischterminals Videoclips von den neuesten Popveranstaltungen flimmerten. Dies war die Musikbox des mikroelektronischen Zeitalters. Die Benutzungsgebühr kam auch mit auf die Rechnung.

Rick suchte nach dem neuesten Video der „Random Accessories". Der Rhythmus überlagerte sich wohltuend mit seinen Kaugeräuschen – was Tom hingegen weniger als Ohrenschmaus empfand, sondern als ziemlich lästig. Nicht, daß Tom die Musik dieser Gruppe weniger gefallen hätte, nur mochte er sie am liebsten pur, laut und in Hi-Fi. Kein Wunder, denn immerhin waren die „Random Accessories" eine der beliebtesten Popgruppen; mit ihrer raffinierten Mischung aus computergesteuertem Synthesizersound, exotischen Instrumentalklängen und witzigen Texten trafen sie haargenau den Nerv von Toms und Ricks Altersgruppe.

Das obligatorische Nachspülen der Speiseröhren mit Hilfe großer Joghurtshakes beendete ihre Mahlzeit. Rick warf eine Münze. Tom hatte wie üblich verloren und mußte zahlen.

Als sie gerade hinausgehen wollten, hielt ein Polizeiwagen vor dem Byte. Tom und Rick erkannten den Fahrer und setzten sich wieder.

„Na? Ihr habt mir zu meinem Glück gerade noch gefehlt!" dröhnte die Stimme von Sergeant Dalby.

Tom und Rick grüßten höflich zurück. Dalby holte sich einen Kaffee aus dem Automaten und setzte sich zu den beiden.

„Ich hatte schon gute Lust, euch beide festnehmen zu lassen, als der Anruf von der Autobahnsperre kam. Sozusagen als kleinen Scherz am Nachmittag. Aber, nichts für ungut. Außerdem, weshalb hätte ich uns noch mehr Schwierigkeiten auf den Hals laden sollen? Es war ohnehin schon 'ne Menge los."

Tom und Rick kannten Dalby lange genug, um zu merken, daß wirklich was anlag.

Der Sergeant fing auch gleich an zu erzählen. „Tja, es geht um Entführung. Und dazu eine Riesendiebstahlsgeschichte. Ein rundes Dutzend Lastwagen und Eisenbahnwaggons sind in den letzten beiden Wochen verschwunden."

„Warum war in den Nachrichten nichts davon zu hören?"

„Dafür gibt es eine Menge Gründe, Tom. Erstens: Die Entführer halten noch einige Fahrer gefangen. Sie stellen Lösegeldforderungen. Und eine der Anweisungen lautet, daß nichts davon durch die Presse gehen soll."

Dann schwieg Dalby und schlürfte seinen Kaffee.

„Was wurde denn gestohlen?"

„Es muß wohl etwas sein, was gerade auf dem Transport war. Wir haben einen Hinweis bekommen, daß Abfall aus dem Atomkraftwerk unterschlagen wurde." Dalbys Stimme war fast tonlos. „Seitdem das Emerald Kraftwerk stillgelegt wird, sehen Ganoven da ihre Chance."

Die beiden Jungen schwiegen. Für irgendeine Art vorzeitiger Anschuldigung fehlte ihnen jede Grundlage. Außerdem war sich keiner von beiden sicher, ob bei Emerald selbst etwas faul war.

Schließlich wechselte man das Thema, was auch die Stimmung wieder hob. Dalby bat Tom, bei seinem Vater mal anzufragen, wie es denn wieder mit einer kleinen Angeltour wäre. Diese Unternehmungen waren schon legendär. Sergeant Dalby und Toms Vater mieteten jedesmal einen Hubschrauber, mit dem sie dann an einen See im Norden flogen. Ihre Ausbeute war immer so groß, daß sich auch stets die gleiche Szene abspielte. Wenn der Pilot die beiden Fischer abends abholen kam, drohte er jedesmal, Passagiere und Fang getrennt zu fliegen, weil sonst das Ladegewicht überschritten würde.

„Sie müssen aber versprechen, uns beide endlich mal mitzunehmen", meinte Rick.

„Also, bis irgendwann in den nächsten Tagen", sagte Dalby schon im Gehen.

5 9111-10

Nun erschien auf dem Bildschirm die Rechnung für Verzehr und Musik. Tom schob seine elektronische Scheckkarte in das Gerät, überprüfte den Stand auf seinem Girokonto und drückte die Transaktionstaste. Damit wurde der Computer einer Bank angewählt, die viele Meilen entfernt lag. Dort wurde eine Umbuchung ausgelöst: Die Gutschrift für das Big Byte erschien als Minus auf Toms Konto.

„Und wohin jetzt?"

Eigentlich war die Frage überflüssig. Für sie gab es in der Innenstadt nur noch einen Ort, wo was los war. Und das war das Arkade. Rick dürfte diese Spielhalle wohl kaum so schnell vergessen, insbesondere seitdem TRM eine Verschwörung ausgehoben hatte, die mit gefährlichen Laserdisk-Videospielen arbeitete.

Unter den Spielhallenbesuchern galt Tom als einziger ernstzunehmender Gegner. Seine Begabung, mit der er die Höchstpunktzahl der meisten Spiele übertraf, zwang die Hersteller zu Programmänderungen für all jene Spiele, die in das Arkade geliefert wurden. Die Ursache lag klar auf der Hand: Tom war nicht nur ein äußerst begabter Hacker und hatte bereits das „STARBRYTE" erfunden, das nun zu den beliebtesten Heimvideospielen zählte. Er genoß auch den Ruf, den er sich mit dieser Erfindung erworben hatte. Auch finanziell brachte ihm das „STARBRYTE" einiges ein. Von den Einnahmen bezahlte er Ferienreisen; die Ausstattung seiner Werkstatt ließ sich mit den Geldern auch auf dem neuesten Stand halten, und sogar für das Studium konnte er noch etwas zurücklegen.

Einer der älteren Jugendlichen ging gleich auf Tom zu: „Ey, sag mal, wann stellen die hier endlich das „STARBRYTE" auf?" Jedesmal wurde er danach gefragt.

Und zum hundertstenmal mußte er klarstellen, daß dieses Spiel nur als Heimspiel wirklich Spaß machen würde, weil es eben zum Konzept gehörte, dabei eine vertraute Umgebung um sich zu haben.

Rick und Tom waren übereingekommen, daß sie mit dem Anruf bei Mona so lange warten wollten, bis der Test mit Sicherheit vorbei sein würde. Um sich bis dahin noch die Zeit zu vertreiben, probierten sie die neuesten Laserdiskspiele aus.

Rick, gerade an den Joysticks von „MUDDY HERCULES“, meinte, sie sollten darauf lieber keine Mühe verschwenden.

Tom war der gleichen Meinung über die neueste Ausgabe der „ZOMBIE DUMPERS“: „Ach, bestenfalls was für Kindergärten.“

Tom und Rick gingen durch die Halle und schauten ab und zu anderen Spielern über die Schulter. Dabei war es für die beiden interessant, das Spiel aus der Sicht des Programmierers zu beobachten. Sie achteten auf jede Bewegung, auf die Kommentare und Unmutsäußerungen der Spieler. Tom hatte bereits neue Ideen für Computerspiele und hatte den Ehrgeiz, daß seine Spiele die besten werden sollten.

„Diese Großhersteller überreißen doch einfach nicht, worauf's ankommt“, meinte er zu Rick, als sie das Arkade verließen.

Rick war auch der Ansicht. Außerdem würden an den bereits bekannten Spielen nur Feinheiten verändert. „Aber ich sag dir eins: Ich bin sicher, es gibt eine Menge Leute, die einfach nur deswegen nicht spielen, weil sich da nichts Neues tut.“

Genau das glaubte Tom auch. Obwohl Tom und Rick selbst leidenschaftlich gern spielten, war ihnen nicht entgangen, daß die Hersteller nach wie vor nur auf eine verhältnismäßig kleine Gruppe von Fans zählen konnten.

Und gerade deshalb rechneten sich Rick und Tom auf dem Gebiet eine Chance aus.

Sie fuhren nach Hause zurück. In der Werkstatt gab es noch allerhand zu ordnen. Und das wollten sie wieder in Angriff nehmen.

Auf dem Weg dorthin sah Tom, wie seine Eltern gerade mit irgend etwas beschäftigt waren und winkte ihnen im Vorbeigehen zu. Mit Hilfe der Minitastatur öffnete Tom das digitale Sicherheitsschloß. Warme, augenschonende Leuchten erhellten den Raum, und die beiden machten sich wieder über die Neuerwerbungen her.

Unter den interessanteren Stücken war eine frühe Version eines Datenverteilers. Sein Verwendungszweck war folgendermaßen beschrieben: „KANN VERSCHIEDENE DATENEBENEN AUF MEHRERE UNTERSCHIEDLICHE ENDBENUTZER VERTEILEN.“ Dieser Verteiler sollte vermutlich ausrangiert werden, denn gerade für diesen Zweck gab es inzwischen Geräte, die leistungsfähiger waren. Nach genauerem Überlegen kam Tom jedoch eine Idee:

„Du, der hat doch noch zum größten Teil einen diskreten Schaltungsaufbau. Auch wenn das Ding im Vergleich zu den heutigen Geräten noch vergleichsweise riesige Ausmaße hat, das kann uns ja egal sein; irgendwie können wir ihn sicher noch gebrauchen. Leg ihn auf jeden Fall mal zur Seite.“

So steckten sie den Apparat in eine ehemalige Waschmaschinenverpackung aus besonders widerstandsfähigem Mischfaserkarton, in dem bereits eine Menge anderer Peripheriegeräte lagen, deren Zweck auch erst noch bestimmt werden sollte. Das war genau die Art von Herausforderung, die Rick und Tom liebten: Nämlich aus alten, nutzlos gewordenen Stücken etwas Neues zu entwickeln, das sich, verglichen mit den ursprünglichen Anwendungsbereichen, vielleicht nach dem Umbau sogar als leistungsfähiger erweisen könnte. Warum auch nicht? Mit viel Geduld, Zeitaufwand und schöpferischem Nachdenken vermochten Tom und Rick oft auch aus so veralteten Gerätschaften noch etwas Brauchbares herzustellen.

Während sie kurz die Sortierarbeiten unterbrachen, meinte Rick: „Ich finde auch, der KSD eignet sich noch am ehesten als Kopfbedeckung in Hightech-Ausführung für Mr.

Chips."

Der Hausroboter stand immer noch bewegungslos da. Seine einprogrammierte Tätigkeit war zu Ende. Tom starrte auf den neuen „Hut" seines elektronischen Hausgenossen und fragte sich, ob dieser Kernspaltungsverfolger tatsächlich der Anlaß für Ginsler und Mills war, Haus und Werkstatt unter einem Vorwand danach abzusuchen.

Jemand klopfte an die Tür, und gleichzeitig war Mr. Bensons Stimme zu hören. „Tom? Rick? Eine Meldung für euch."

Schnell schlossen sie ab und folgten Mr. Benson ins Haus. „Auf dem Vistaphon", fügte er noch kurz hinzu und ging dann wieder zu seiner Frau ins Zimmer.

Im Hausflur stand bei den Bensons das Hauptterminal ihrer Telekommunikationsanlage. Sobald man auf dem Sensorbildschirm des Vistaphons das Anschlußeingabefeld berührte, wurde der Adressencode angewählt, und der Gesprächspartner erschien auf dem Bildschirm. Nachdem Tom die „Bitte-warten-Routine" zurückgesetzt hatte, flimmerte Monas Gesicht farbecht über die Mattscheibe.

„Wir haben jetzt die Testergebnisse aus der Strahlenkammer." Es kam ziemlich tonlos.

„Dann laß mal hören!"

„Tut mir leid. Geht so nicht."

„Gut, also wann kommst du heim?" wollte Rick wissen.

Mona schien auszuweichen. „Warum kommt ihr beide nicht so schnell wie möglich hierher?"

Tom stand etwas außerhalb des Blickfeldes der Aufnahmeoptik. Er machte Rick ein Zeichen, daß er seine Antwort noch ein wenig hinauszögern sollte. Tom wollte sich nämlich Monas ungewöhnliches Verhalten noch etwas genauer anschauen.

Rick hatte verstanden. „Äh, Schwesterlein, sag mal, was meint denn Dr. Skyne dazu, daß du unter die Schuhputzer gegangen bist?"

Mona blickte zur Seite, so, als ob ihr jemand Anweisungen geben würde, der sich wie Tom außerhalb der Reichweite der Optik aufhielt.

„Ist Dr. Skyne noch da?“ Rick versuchte Zeit zu schinden. „Könnte ich mal kurz mit ihr sprechen?“

Jetzt vernahm man noch ein Geschlurfe irgendwo außerhalb des Bildschirmausschnitts, und plötzlich war das Bild weg. Genauso schnell war das Bild aber wieder da. Jetzt saß Dr. Skyne neben Mona und wandte sich an Tom und Rick – mit einer eigenartig fröhlichen Stimme.

„Hallo, ihr beiden, wir hatten gerade ein kleines Übertragungsproblem. Warum kommt ihr nicht rüber, damit wir uns über die Testergebnisse unterhalten können? Also, bis dann? Wir müssen hier jetzt Schluß machen.“

Danach schaltete das Vistaphon ab. Auf dem Bildschirm war nur noch der typische Schnee des Zwischenstationsrauschens zu sehen. Offenbar hatten sie sich am anderen Ende der Leitung nicht einmal ordnungsgemäß abgemeldet.

„Sollen wir Bescheid sagen?“ Rick klang beunruhigt.

Tom nickte und ging schon mal ins vordere Wohnzimmer. Mrs. Benson hielt gerade die Hand ihres Mannes. Sie hatten offenbar ihren Spaß miteinander. Tom kam sich wie ein Eindringling vor, andererseits kannte er auch seine Pflichten.

„Entschuldigt bitte, aber ich geh noch mal mit Ricky weg. Wir holen Mona vom Gesundheitsamt ab. Wollt ich euch nur sagen.“

Die Eltern hatten Tom erst gar nicht gehört. Während er in der Tür stand, schauten sie sich in die Augen. Nach einer Weile meinte Toms Vater:

„Schon gut, Sohnemann, mach nur.“

Tom kehrte zurück zur Computerecke, wo Rick sichtlich genervt auf der Tastatur herumhackte.

„Ich komm nicht durch zu Mona, auch nicht mit unseren bewährten Tricks – du weißt schon... Fahren wir lieber gleich los.“

Sie eilten aus dem Haus, liefen über die Straße zu Ricks Wagen. Rick war klug genug, nicht mit quietschenden Reifen loszubrausen, sondern erst auf dem Cartesian Freeway voll aufzudrehen.

Unten flimmerten im abendlichen Dunst die Lichter, und die Umgebung huschte verschwommen an ihnen vorbei, als Rick die Brennstoffzellen zuschaltete. Mit diesem „Nachbrenner“ wurde sein Elektroauto doch um einiges schneller.

Sie kamen zum Gesundheitsamt. Die Lichter waren noch an, und nichts deutete auf irgend etwas Außergewöhnliches hin. Als Rick gegenüber einem Lieferwagen parkte, ergriff ihn Tom am Arm.

„Noch nicht“, flüsterte er.

Mit der anderen Hand deutete Tom auf einen Pickup, der vor dem Eingang stand. Auch Rick entdeckte jetzt in dem hellen Licht der Einfahrt das ominöse Pyramidenzeichen an den hinteren Schmutzfängern.

Auf dem Weg zum Eingang hielten sie sich möglichst im Dunkeln. Beide hatten den gleichen Gedanken: Ob dies wohl der Wagen war, den sie im Atomkraftwerk beim Wegfahren beobachtet hatten?

Rick war sich nicht ganz sicher. Aber sie blieben nicht lange im ungewissen. Zwei Männer tauchten auf, und unter den Deckenstrahlern der Eingangshalle waren sie deutlich zu erkennen.

Es waren die beiden merkwürdigen Techniker von der Kraftwerksanlage; der Große und sein kahlköpfiger Freund. Sie trugen Monas Bleisack.

Chipnapping

Das Technikergespann wirkte nervös. Sie warfen die beschlagnahmte Ladung in den rückwärtigen Laderaum. Der Kahle lotste beim Ausparken. Dann sprang er auf, und der

Wagen setzte sich in Bewegung.

Tom und Rick glaubten nicht, daß die Männer zurückkommen würden. So gingen sie geradewegs in das Gebäude. Die Gänge wirkten gespenstisch leer.

Tom fühlte sich von der Atmosphäre verunsichert. Irritiert fragte er Rick, wohin sie denn gehen sollten.

„Ganz ruhig“, riet ihm Rick und zog ihn um eine Ecke.

Schließlich fanden sie den Weg zur Abteilung für Industrieüberwachung. Mona saß mit Dr. Skyne und Harry um einen Tisch.

„Hch, wenn ihr doch nur einen Moment eher dagewesen wärt“, seufzte Mona.

„Wir haben's ja versucht. Sag mal, heißt das, die beiden...“ Rick brauchte seinen Satz gar nicht zu beenden. Der Besuch der beiden Techniker sprach für sich. Trotzdem bestand Tom auf einer Erklärung. Dr. Skyne erläuterte, sie hätte nicht damit gerechnet, daß die Techniker so schnell reagieren würden. „Sie waren wohl gerade in der Nähe.“

„Wer hat die denn überhaupt verständigt?“ wollte Rick wissen.

„Das funktioniert automatisch“, erklärte Harry und geriet immer mehr in Fahrt. „Sobald irgend etwas in der Strahlenkammer liegt, das einen bestimmten Grad von Radioaktivität hat, wird durch einen automatischen Schaltkreis im Büro für Strahlenüberwachung der Kernenergiebehörde Alarm ausgelöst. Das heißt, die Leute dort werden immer dann ohne Zeitverlust verständigt, sobald die Sachlage raschestes Handeln erfordert.“

Dr. Skyne murmelte so etwas wie „Das ging aber diesmal geradezu unglaublich schnell“ vor sich hin.

Wem die Stiefel gehörten, darüber hatte Mona weder ihren Mitarbeitern noch den Technikern gegenüber etwas verlauten lassen. Diese Frage schien sich mit Toms und Ricks Anwesenheit zu beantworten.

Dr. Skyne wollte wissen, von wo die radioaktiv verseuchte

Erde an ihren Stiefeln denn stammte.

So ohne weiteres konnte Rick diesen Tatbestand nicht hinnehmen. „Und wo ist der Beweis, daß die Erdklumpen wirklich radioaktiv verseucht sind?"

„Ach ja, du meinst das Testergebnis aus der Strahlenkammer", hakte Harry nach. „Das haben die beiden Männer mitgenommen, sie haben sich die Diskette direkt aus dem Laufwerk geholt."

„Und da war natürlich das gesamte Analyseprotokoll drauf", ergänzte Mona unwirsch.

Dr. Skyne ließ nicht locker. Sie mußte wissen, woher die Erde stammte. Deshalb versuchte sie die Jungen mit einem Angebot zu locken. „Wenn ich nun eine Kopie besorge, verratet ihr es dann?"

Mona fuhr herum. „Gibt es wirklich eine Kopie?"

„Was meinst du, würde hier passieren, wenn wir kein Backup-Archiv hätten? Wir haben da unten in der EDV-Zentrale einen guten altern Superstreamer, da ist auf Halbzoll-Schnürsenkeln alles noch mal als Sicherungskopie drauf – gewissermaßen unser Reservefallschirm."

„Wenn Sie uns noch mal eine Masterkopie ziehen, zeigen wir Ihnen die Stelle. Einverstanden?"

Obwohl Tom daran zu liegen schien, erklärte Dr. Skyne dagegen sehr langsam und entschieden: „Nein, ich muß nicht unbedingt selbst dorthin gehen. Aber um der öffentlichen Gesundheit willen muß ich wissen, wo die Erde verseucht ist. Und bevor ich eine Kopie hierher bestelle, will ich euch mal die Ergebnisse des Tests mitteilen."

Bis Dr. Skyne zu sprechen ansetzte, war es, als dehnten sich die Sekunden unerträglich. Die Arbeitsgeräusche der Apparate in der Umgebung schienen anzuschwellen. Dr. Skyne bestand darauf, daß niemand etwas erfahren dürfe.

„In dem Schlamm und Schmutz, mit dem die Stiefel verklebt waren, haben wir radioaktive Teilchen ausfindig gemacht; insbesondere Strontium 90 und Caesium 137. Dies sind sogenannte Kernspaltungsprodukte, die bei der Erzeugung von Atomkraft entstehen. Im Fachjargon nennt man sie zuweilen auch ‚FISSION-CHIPS‘, jedenfalls bei uns hier.“

Tom und Rick fühlten sich, als hätten sie einen Schlag in die Magengegend bekommen. Strontium 90 und Caesium 137 gehörten zu den gefährlichsten Substanzen auf der Welt.

Dr. Skyne fuhr fort. „Diese Kernspaltungsprodukte haben wir in winzigen Spänen oder Abriebteilchen nachweisen können. Regen und Schnee haben sie wahrscheinlich unter die Erdoberfläche gespült. Mit der Zeit verteilen sie sich durch das versickernde Regenwasser. Wenn durch irgendwelche mechanischen Einwirkungen, sagen wir Bagger, schwere Reifen oder Schuhwerk, die aufgeweichte Erde durchwühlt wird, gelangen diese Gifte wieder an die Oberfläche. Und tauchen auf diese Weise, zum Beispiel bei uns im Labor, wieder auf.“

Betroffenes Schweigen.

„Mein Gott, was können wir bloß tun?“ hauchte Mona.

Harry schlug vor, die Männer vom Emerald-Kraftwerk zurückzurufen. „Immerhin haben sie ja beim Weggehen noch mal darum gebeten, daß man sie benachrichtigt, sobald wir Näheres über den Schmutz hier wissen...“

Rick hingegen bat darum, noch nichts zu sagen.

Tom wollte es auch nicht. „Bitte, Dr. Skyne, geben Sie uns zwei Tage Zeit. Wir könnten vielleicht herausfinden, was wirklich los ist.“

Sogar Mona bat um Aufschub. Das Vertrauen, das Dr. Skyne in Monas Arbeit hatte, machte ihr den Entschluß etwas leichter.

„Also gut, wie könnte ich auch TRM etwas abschlagen?“

Fünf Minuten später war von der zentralen Datenverarbeitung die Ersatzkopie der Diskette fertig, die die Techniker beschlagnahmt hatten.

Die drei Freunde wollten gerade gehen, da winkte sie

Dr. Skyne zu sich. Sie bestand noch einmal auf völligem Stillschweigen.

„Vermutlich werdet ihr Gegenden aufsuchen, die ihr eigentlich meiden solltet. Und ich will davon auch nichts gewußt haben." Sie hatte eine Schublade mit der Aufschrift „Medikamente" herausgezogen und gab den Freunden ein Fläschchen mit gelben Kapseln. „Nehmt das mit. Mona wird es euch erklären. Und nun, viel Glück! Seid bitte vorsichtig!"

Mona, Rick und Tom verließen das Gesundheitsamt. Harry war traurig, daß mit einem Schlag die abendliche Abwechslung ihr Ende hatte. Seine Vorgesetzte schärfte auch ihm noch einmal ein, den Besuch nicht zu erwähnen. Dr. Skyne wollte kein zusätzliches Risiko.

Mit der neubeschriebenen Diskette in der antimagnetischen Hülle folgte Mona den Freunden zu Ricks Sportwagen. Auf der Heimfahrt hatten sie viel zu besprechen. Dabei ging ihnen die Gefahr einer radioaktiven Verseuchung nicht aus dem Sinn.

„Das sind ja unsichtbare Killer", murmelte Rick vor sich hin.

„Weiß doch jeder", erinnerte ihn Mona.

Auch Tom grübelte mehr vor sich hin, als daß er zu den anderen sprach. „Man hält es für ein notwendiges Übel, die Atomkraft. Aber der nukleare Abfall und die Nebenprodukte sind eine fortwährende Gefahr. Ich weiß nicht recht, wie ich darüber denken soll."

„Möglicherweise gibt's da auch gar nicht mehr viel zu überlegen", warf Rick ein. „Der Zug ist doch schon längst abgefahren. Für dich und jeden hier, genaugenommen für die ganze Menschheit."

Die drei gingen gleich in die Werkstatt. Für solche Gelegenheiten war der Raum hinter der Garage der beste Treffpunkt. Bevor die neue Diskette geladen wurde, gab Mona jedem eine gelbe Kapsel aus dem Plastikfläschchen von Dr. Skyne.

„Das ist B4-Kaliumjodid. Man nimmt es, um den Auswirkungen vorzubeugen, die eventuell durch Strahlenbelastung entstehen können."

„Nebenwirkungen?" erkundigte sich Tom.

„Der Appetit kann steigen."

„Meinst du, daß so was Ricky guttut? Dann muß eure Mutter ja noch 'ne zweite Tiefkühltruhe kaufen..."

„Halt doch die Klappe, Tom, und schluck endlich die Kapsel, wie Dr. Skyne gesagt hat, sonst endest du auch noch in einer Tiefkühltruhe – aber so einer mit vielen langen Schubfächern, wie in einem großen Haus mitten in Stanton, Sergeant Dalby kann dir ja die Einzelheiten..."

„Schon gebunkt, Oberschwester Felicitas. Her mit der Medizin!"

Mit Orangensaft spülten sie die Tabletten runter. Dr. Skyne hatte gemeint, daß die Gefahr für Tom und Rick, Gott sei Dank, diesmal nicht so groß wäre, wie sie zunächst angenommen hatte. Erstens seien sie offenbar nur für kurze Zeit der Strahlung ausgesetzt gewesen und zweitens hätten sie keinen unmittelbaren Hautkontakt mit den giftigen Substanzen gehabt – sonst hätte der automatische Strahlendetektor beim Betreten ihrer Untersuchungsräume im Gesundheitsamt bereits Alarm gegeben. Sorgen machte sie sich eher für den Fall, daß Tom und Rick weitermachen wollten. Und genau das gedachten sie in ihrer Wißbegierde auch zu tun. Immerhin hatten sie ja mit dem Kaliumjodid vorgebeugt. Ein wenig zumindest.

„Geh mal aus dem Weg", grummelte Tom.

Unter dem Regal holte er den K-Verstärker, ein Turbo-Interface, hervor, mit dem sich die dreidimensionalen Strukturdarstellungen auf der mitgebrachten Analysefloppy aufbereiten, hochrechnen und in extrem hochauflösender Grafik darstellen ließen. Sobald er das Gerät mit dem RND-Laufwerk angeschlossen hatte, öffnete Mona die antimagnetische Schutzhülle.

„Und hier, Ladies and Gentlemen, unsere goldene Floppy des Monats, frisch aus der Alchimistenküche von Strahlemann und Söhne“, alberte Rick während Tom die Diskette einlegte.

Tom tippte den Ladebefehl in die Tastatur seines Supermikros. Unter fast unhörbarem Surren wurden jetzt die Informationen von der Diskette auf den Direktzugriffsspeicher des RND übertragen. Während der Computer arbeitete, hörte das rote Lämpchen nicht auf zu blinken.

„Und jetzt den K-Verstärker“, murmelte Tom vor sich hin.

Mit diesem selbstgebauten Gerät konnten alle Ursprungsdaten beliebig extrapoliert werden. Dabei holte er sich von der Winchesterplatte die erforderlichen Zusatzinformationen aus einer Datenbasis, die ihm sein Vater über einen alten Freund aus dem Archiv eines physikalischen Forschungsinstituts besorgt hatte. Verschiedene Farben und feingerasterte CAD-Darstellungen tauchten auf. Doch jetzt wurde eine noch stärkere Bildauflösung nötig.

„Kannst du mal den Bildschirm da hinten einschalten?“ Mona stellte sich vor den großen 36-Zoll-Monitor an der gegenüberliegenden Wand – ein ausrangiertes Modell aus einem Flugzeug-Entwicklungslabor. Hier konnte der K-Verstärker nun seine Vorzüge entfalten.

Die Darstellungen liefen nun über beide Bildschirme, den großen und den des RND-Mikros. Jeder zeigte chemische Formeln, Codes von Spektralanalysen und Grafiken aus dem Test in der Strahlenkammer – im Verhältnis eins zu eins. Und schematische Abbildungen der Schlammklumpen an ihren Stiefeln.

„Meine Güte, immer wieder dieser Dreck von eueren Quadratlatschen, der macht mich noch ganz krank!“ Mona krümmte sich.

„Dann nimm doch eine von deinen gelben Kapseln!“

Mona überging den Vorschlag ihres Bruders und beobachtete, wie ein simulierter Laserstrahl die Schlammreste in hauchdünne Scheiben teilte. Auf einem Abschnitt tauchten glühende Punkte auf und Mona rief: „Hier, das sind sie."

Tom stoppte das Bild. Er schaltete den K-Verstärker auf Höchstleistung, um die Abbildung noch größer und gleichzeitig schärfer zu bekommen. Was sie jetzt sehen konnten, war derart ungewöhnlich, daß man es vor drei Jahren noch für völlig unmöglich gehalten hätte. Fünfhundertmillionenmal vergrößert tauchten die dreidimensionalen Strukturmodelle der Isotopen von Caesium 137 und Strontium 90 auf.

„Kernspaltungsprodukte", flüsterte Tom.

„Fission-Chips", murmelte Mona.

„Ich weiß nicht wieso, aber wenn ich diesen Fachausdruck höre, krieg ich Hunger", seufzte Rick.

Die Punkte leuchteten stärker als Diamanten. Nach und nach wurde das Gleißen gefährlich intensiv. Tom hatte Sorge, daß selbst diese Simulationsdarstellungen Löcher in die Bildschirmbeschichtung brennen könnten. Jedesmal wenn sie hinschauten, wurden sie von den radioaktiven Funken geblendet. Man hätte meinen können, das Universum würde gleichzeitig erschaffen und zerstört.

Rick bedeckte die Augen. „Lang halt ich das nicht aus", gab er zu.

Tom fiel ein, was sein Vater über diese Verbindungen gesagt hatte. „Die haben eine Halbwertzeit von nur dreißig Jahren. Stell dir vor, wie die immer noch strahlen."

„Das stell ich mir lieber nicht vor", meinte Mona. „Was könnte nicht alles passieren, wenn es den falschen Leuten in die Hände fällt?"

Eine schreckliche Vorstellung! Immerhin konnte man aus nuklearem Abfall Uran und Plutonium gewinnen. Und das waren die wichtigsten Ausgangsstoffe für den Bau von Atombomben. Ein illegaler Vorrat an nuklearen Abfallprodukten war ein Vermögen wert. Für besessene, fanatische Wissenschaftler, Diktatoren und Terroristen eine begehrenswerte Beute.

Rick erklärte seinen Standpunkt: „Falls irgend jemand aus dem Emerald-Kraftwerk atomaren Abfall abgezweigt haben sollte, so wäre es unsere Pflicht, die Verantwortlichen zu verständigen."

„Und wenn die uns das einfach nicht abnehmen würden? – du weißt ja, ..."

Mona sprach aus Erfahrung. Aber für die drei Freunde gab es kein Zurück mehr. Was immer es auch sein mochte, worauf sie auf dem Schrottplatz zufällig gestoßen waren, es könnte von geradezu weltweiter Bedeutung sein.

„Wir können da nicht viel ausrichten." Mona sprach aus, was jedem klar war.

„Am besten fangen wir damit an, daß du uns erzählst, wie der Geigerzähler funktioniert", schlug Tom vor und zog den Lederbeutel ab.

Mona erklärte sämtliche Einzelheiten. Bei diesem Gerät handelte es sich um eine neuere Version des altbekannten Geigerzählers. Er zeigte nicht nur Radioaktivität an, sondern zudem noch atmosphärische Ladungen, und das über große Entfernungen. Das Prinzip war nur wenig anders als beim ursprünglichen Modell, nur waren inzwischen zahllose Verbesserungen hinzugekommen.

„Wenn ich die kleinen Ohrstöpsel reinstecke, kommt keiner auf die Idee, ich hätte einen Geigerzähler in der Tasche. So kann ich ungestört meine Tests machen."

Daß sich dies als durchaus hilfreich erweisen könnte, war den Freunden klar. Sie fühlten, daß sie handeln mußten. Und es gab viel zu tun.

Also einiges anpacken in der Werkstatt. Mitternacht war bereits vorbei, aber Mona, Tom und Rick waren noch immer unermüdlich am Werkeln. Bei der Untersuchung, die sie vorhatten, mußten sie sehr sorgfältig vorgehen. Nichts durfte unberücksichtigt bleiben. Jedesmal, wenn sie darangingen, ein Gerät völlig umzubauen, wurde die Laserdrehbank, eine modifizierte Universal-Werkzeugmaschine, in Betrieb genommen. Sie war ihnen von einer umgerüsteten feinmechanischen Elektronikwerkstätte überlassen worden.

Sie wußten, daß es ein Wettlauf gegen die Zeit war. Sie kannten noch nicht einmal ihren Gegner. Aber das konnte sie nicht abhalten. Bedauerlicherweise schien es aber Mrs. Powell zu wollen.

„Mona, Rick, seid ihr da drin? Es ist schon lange nach Mitternacht!“

Mrs. Powell schimpfte ein bißchen. Dabei ging es ihr mehr darum, daß sie nicht erfahren hatte, wo sich die Geschwister aufhielten. Die vorgerückte Stunde war dabei nicht so sehr das Problem.

Die Geschwister hatten sich mittlerweile verabschiedet, nachdem Rick plötzlich seinen toten Punkt verspürt hatte. Tom war allein in der Werkstatt zurückgeblieben. Er ließ noch einmal den CAD-Abschnitt der Analysediskette abspielen. Auf dem 36-Zoll-Bildschirm ereigneten sich subatomare Explosionen. Kernspaltungsprodukte teilten sich vor seinen Augen, und für einen Augenblick schien die Welt stillzustehen.

Es wird gefährlich

Neben einer abgelegenen Landstraße parkte Ricks Sportwagen – gut getarnt. Nur eine verfallene Jagdhütte stand in der Nähe. Es war ein günstiger Platz, um den Verkehr zu beobachten, der von der Schnellstraße abbog.

„Wie weit ist es denn von hier zum Kraftwerk?“ wollte Mona nach einer Weile wissen.

Rick schätzte, daß man etwa zwanzig Minuten brauchte. „Aber nur, wenn sich außer dir niemand auf der Straße blicken läßt.“

Mona war schon ungeduldig. „Wann fahren wir denn

endlich?“

„Aber wir sind doch erst eine Stunde hier.“

„Mir schlafen schon die Füße ein. Es ist nicht so lustig, in einem Zweisitzer der dritte auf dem Notsitz zu sein, und schon dreimal nicht, wenn der Fahrer Giraffenbeine hat!“

„Du wolltest ja mit.“

„Ich? Mir blieb doch nichts anderes übrig. Außerdem hätte ich euch auf keinen Fall allein mit dem Geigerzähler abziehen lassen. Schließlich bin ich für das Ding verantwortlich.“

So ging es noch eine Weile hin und her, während Tom sich im stillen amüsierte. Irgendwie wunderte es ihn auch immer noch. Ob das unter Geschwistern üblich war? Er fragte sich oft, ob ihm da als Einzelkind nicht etwas abging. Vermutlich schon, aber dann hätte er sich wohl auch anders entwickelt. Und vielleicht wären die Powells nicht seine besten Freunde.

Es donnerte.

„Kurbel deine Scheibe hoch“, riet er.

Mona hielt es nicht für notwendig, da es nicht nach Regen aussah. „Noch keine Wolken in Sicht.“

„Du warst ja gestern nicht dabei, als uns hier der Himmel auf den Kopf gefallen ist – die Niagaras waren dagegen wie ein Schlückchen Limo, sag ich dir.“

Es donnerte wieder. Aber sie hatten noch keinen Blitz gesehen. Auch nicht ein einziger Tropfen war bis jetzt gefallen.

„Merkwürdig“, murmelte Tom vor sich hin.

Sie betrachteten die ländliche Szenerie – für Stadtbewohner das reinste Postkartenidyll. Von den buschbedeckten Hügeln und den umliegenden Wäldern wehte der frische Geruch von feuchtem Erdreich zu den Autofenstern herein; der gestrige Regen hatte den Pflanzen offenbar gutgetan. Nur die Autobahn schnitt kühn durch die Landschaft. Ein Naturpark umgab sie, grün bis an den Horizont.

Rick streckte den Arm durch sein Seitenfenster. „Schaut euch das mal an!“

6 9111-10

Drei große Lastwagen waren von der Ausfahrt in die Landstraße gebogen und näherten sich bereits Ricks verstecktem Auto. Jedes Fahrzeug hatte eine Plane über die Ladung gespannt. Damit wollte man wohl verhindern, daß die Fracht bei plötzlichen Regenfällen nässegeschädigt oder vom Fahrtwind heruntergeweht werden würde. Was die Freunde jedoch in Alarmbereitschaft versetzt hatte, nachdem der Konvoi an ihnen vorbeigezogen war, war unübersehbar auf den hinteren Schmutzfängern der Fahrzeuge zu sehen.

„Die drei Pyramiden", flüsterte Rick.

Anhand der drei weißen Pyramiden war ihnen nun klar, woher die Lastautos kamen. Es sah so aus, als hätten Tom und Rick recht gehabt mit ihrer Vermutung. Um aber ganz sicher zu gehen, mußten sie noch ein wenig ausharren.

Mona wurde es bange. „So sagt doch schon, was mit den drei Pyramiden ist!"

„Schon mal was über die Macht der Pyramiden gehört?" murmelte Rick.

„Meinst du das mit dem Früchtedrunterlegen, damit sie frisch bleiben, oder die Geschichte vom Rasiermesserschärfen?"

„Was hat sie gesagt?" Tom blickte verständnislos.

„Ich seh schon, Schwesterherz, Dada ist out und Gaga ist in – was immer du damit meinst. Die volle Punktezahl hast du mit deiner Antwort noch nicht erreicht... Aber okay, Mona, hier geht es um etwas anderes." Rick hatte gemerkt, daß seine Schwester augenblicklich keinen übermäßigen Wert auf seine Witze legte. „Also gut. Zum ersten Mal haben wir diese Zeichen an einem Lastwagen auf dem Emerald-Gelände gesehen. Der hätte mich beinahe übergemangelt – beinahe. Gestern nacht haben wir sie wieder gesehen. Und zwar am hinteren Ende von dem Pickup, mit dem die beiden Technofuzzies gekommen waren. Die müßten auch bei dir und Dr. Skyne aufgekreuzt sein."

Jetzt sah Mona die Zusammenhänge klarer. Im Gegenzug

wollten nun Tom und Rick etwas über das Alarmsystem erfahren, mit dem das Strahlenüberwachungsbüro verständigt worden war. Und außerdem, wie weit es vom Gesundheitsamt entfernt liege.

„Das ist geheim; ich weiß es selbst nicht – irgendein Gebäude in Stanton. Mehr hat Dr. Skyne nicht rausgerückt."

Rick hätte gern gewußt, wie es denn dazu kommen konnte, daß die beiden Männer vom Kraftwerk ins Gesundheitsamt geschickt wurden.

„Das weiß niemand."

Tom begann zu überlegen. „Die Kernenergiebehörde ist doch für die Überwachung aller Tätigkeiten zuständig, die mit Atomkraft zu tun haben. Daraus folgt doch, daß dort irgendwo eine undichte Stelle ist, über die was an die Burschen bei Emerald durchgesickert sein muß. Eine ganz oberfaule Sache!"

Mona hatte eine andere Idee. „Oder, daß die Nachricht abgefangen wurde."

Eine weitere Stunde verging. Dann sahen sie die drei Lastwagen zurückkommen. Ohne Planen, ohne Ladung.

„Abwarten", empfahl Tom.

Die drei Fahrzeuge bogen wieder auf die Autobahnauffahrt. Ihre Richtung ließ nur einen Schluß zu: Sie fuhren zum Kraftwerk zurück.

Rick war ganz aufgeregt. „Wir sehen uns hier mal um." Er gab Gas, und sie jagten die Allee hinunter zum Schrottplatz.

„Immer noch da." Rick deutete auf die Handkurbel und das Stahlkabel, das Tom hinter den Baum gelegt hatte, nachdem sie den Wagen von Professor Coleman aus dem Graben gezogen hatten.

Tom meinte nur: „Hoffentlich brauchen wir's diesmal nicht!"

Plötzlich rief Mona: „Halt, stopp!"

Der Geigerzähler tickte. Rick stieg auf die Bremse. Tom hatte sich zu Mona umgedreht, die den Zähler hielt.

Sie beschwor ihren Bruder, keinen Meter weiter zu fahren. „Die atmosphärischen Werte sind irre hoch."

Die Zeiger des Drehspulinstrumentes schwankten wie wild hin und her. Mona wollte den Meßfühler aus dem Seitenfenster halten. Sobald er auf das Ende der Straße gerichtet war, schnellte der Zeiger nach oben und blieb fast am Anschlag stehen. Der Schrottplatz war hochradioaktiv.

Aus seinem Gerätesack zog Rick sein Sezial-Optoskop. Es war noch sehr viel leistungsstärker und kompakter als sein altes, das er zu seinem Geburtstag gegen das neue Modell hatte austauschen können. Er stellte die Entfernung ein und zoomte auf den Schrottplatz, der noch weitab lag. Toms Zeigefinger senkte sich auf die Recordtaste. Das Videoteleskop hielt per Knopfdruck alles fest, was in den Sucher kam.

„Irgendwas ist da im Gange", teilte er den anderen mit. „Da wird einiges hin und her bewegt. Sieht nach einer Mannschaft aus. Sie schneiden Metall, transportieren Erdmassen, vielleicht räumen die auf. Jedenfalls haben sie's alle furchtbar wichtig."

Rick gab das Optoskop an Tom weiter, damit er die Sachlage peilen konnte. Mona überwachte weiterhin mit dem Richtmeßfühler die Strahlenwerte.

„Der pure Wahnsinn! Eigentlich glatter Mord! Niemand überlebt so hohe Werte – und die da vorne läßt man mittendrin arbeiten, echt kriminell. Dabei nimmt der Zähler die Meßwerte von etwa dreißig Meter oberhalb des Platzes dort vorne und rechnet dann auf die hoch. Ihr seht es ja, die Strahlung ist so stark, daß die Skala nicht einmal ausreicht!"

Das genügte, um Rick und Tom abzuschrecken. Rick wendete. Das Stahlkabel und die Kurbel hinter dem Baum gemahnten Rick, vorsichtig zu fahren. Niemand außer ihnen war unterwegs, weder in der Allee noch auf der Landstraße.

Sobald sie die Autobahn erreicht hatten, atmeten die Freunde auf. Mit der eingeschlagenen Richtung konnte sich Mona hingegen nicht so recht anfreunden.

„Wir fahren zum Kraftwerk", erklärte Rick.

Tom erhob keinen Einspruch. Mona blieb skeptisch.

„Was wollt ihr denn dort? Bei irgend jemandem anklopfen und ihm verklickern, daß der nukleare Abfall illegal gelagert wird?"

Rick fuhr weiter in Richtung Kraftwerk, und Tom erklärte Mona, was sie vorhatten.

„Auf dem Gelände gibt es nur eine Person, der wir vertrauen können. Das ist Professor Coleman. Und außerdem sind wir es ihm schuldig, daß er was davon erfährt."

Mona sah ein, daß eine weitere Auseinandersetzung keinen Sinn haben würde. Tom und Rick mußten den Professor warnen. Sie verstaute den Geigerzähler mitsamt Meßfühler in ihrer Umhängetasche, lehnte sich zurück und versuchte sich zu entspannen. Gern hätte sie jetzt gewußt, was in Toms Kopf vorging. Sie betrachtete ihn, wie er ganz ruhig auf dem Beifahrersitz saß. Sie versuchte sich vorzustellen, wie er wohl in einigen Jahren sein würde. Ob er in Stanton bleiben oder eines der zahlreichen Angebote annehmen würde, in einer größeren Stadt zu arbeiten? Mit Tom hatte sie außergewöhnliche Momente erlebt.

„Ach, übrigens, Tom, hast du für Samstagabend schon was vor?"

Er drehte sich halb zu ihr. „Warum?"

„Weil ein Mädchen aus meinem Statistikkurs ein Fest macht."

Tom hatte verstanden. „Ach ja? mh... vielleicht. Kommt drauf an."

Mona fiel auf, daß er immer wieder auf die gleiche Weise reagierte.

„Ich wollt's nur mal erwähnen", schickte sie noch hinterher.

Rick blickte hinüber zu Tom und lächelte. „Hast du gemerkt, mich will sie nicht dabeihaben? Stimmt's?"

Mona mochte es nicht, wenn Rick sie aufzog. Und Tom hatte keine Lust, sich wieder einen Geschwisterstreit anzuhören. Er versuchte das Gefoppe abzubrechen, bevor es tatsächlich in einen Streit ausartete.

„Rick, konzentrier dich doch bitte aufs Fahren. Und wenn wir die Geschichte vorher erledigt haben, ist Samstagabend okay, Mona. Einverstanden?"

Jetzt konnten sie die beiden Kühltürme des Emerald-Atomkraftwerks sehen. Eine Gruppe von Männern war immer noch damit beschäftigt, Teile des Reaktors abzubauen. Lastzüge mit langen Rohrleitungen bewegten sich auf den Eingang zu. An der Pforte wurde Ricks Wagen angehalten.

„Nimm meinen." Tom gab ihm seinen Ausweis.

„Zu wem wollt ihr?"

„Zu Professor Coleman", antwortete Rick.

Der Wachmann nahm den Paß, kehrte in sein Häuschen zurück und ließ ihn vom Ausweisleser abtasten. Das grüne Quarzlämpchen leuchtete aber nicht auf.

„Um wieviel Uhr wart ihr verabredet?"

„Wir sind nicht angemeldet."

Wieder ging der Mann in sein Häuschen. Über seine Wechselsprechanlage ließ er noch mal genau nachfragen. Dann kam er zurück und gab Rick den Personalausweis wieder.

„Fahrt geradeaus! Parken müßt ihr links."

Einige Minuten später saßen die Freunde in der Empfangshalle und warteten auf den Professor.

Mona äußerte Bedenken, weil sie nicht angerufen hatten, um ihren Besuch anzukündigen. „Hoffentlich stören wir ihn nicht! Es wäre vielleicht höflicher gewesen."

„Du hast den Benimm wohl mit Schöpflöffeln reingezogen?"

Ricks Bemerkung war überflüssig und außerdem verletzend. Tom wußte, daß sein Freund im Augenblick angespannt und unsicher war und beschloß deshalb, nichts weiter zu sagen.

Mona bemühte sich, die Stimmung wieder zu heben. „Was

meint ihr, ob der Professor überrascht sein wird?"

Im nächsten Augenblick war die Überraschung erst mal auf seiten der Freunde. Rick sah das Technikerduo zu ihrem Pickup gehen. Doch bevor die drei noch einen Plan ausbrüten konnten, wie sie ihre Nachforschungen gestalten würden, erlebten sie schon die nächste Überraschung.

„So sieht man sich also wieder", grüßte Douglas Mills. Mit raschem Schritt durchquerte er die Halle und musterte die Freunde. Er ging im Takt mit dem Geklirre, das von den Türmen herüberdrang. Unter dem Deckenlicht sah man erst, wie widerspenstig sein Haar selbst bei diesem kurzen Bürstenschnitt noch war. Mills wartete auf Antwort.

Tom übernahm es. „Ist Professor Coleman schon unterwegs?"

„Sobald er fertig ist. Kann ich euch in der Zwischenzeit irgendwie behilflich sein?"

„Danke, es ist ein reiner Höflichkeitsbesuch."

„Warum auch nicht?" kam es spöttisch zurück. „Vielleicht gibt es ja noch mehr Geräte, die nur auf euch warten."

Mona, Rick und Tom reagierten nicht. Seine Stichelei berührte sie unangenehm.

Plötzlich ging ein donnerähnliches Grollen über das Gelände.

„Gibt wohl Regen, oder was meint ihr?"

Wieder bekam Mills keine Antwort. Die Freunde schätzten weder seine Anwesenheit noch sein Gerede.

„Ich werde mal nachsehen, ob der Professor schon soweit ist."

Als Mills sich zurückzog, war noch einmal das Grollen zu hören. Tom ging ans Fenster und schaute nach oben.

„Nicht eine einzige Regenwolke."

Die Tür glitt zurück, und Professor Coleman trat ein. Sein Aussehen schockierte die drei. Er wirkte abgehärmt, als hätte er letzte Nacht nicht geschlafen. Als er sich in den Sessel fallen ließ, glückte ihm doch ein kleines Lächeln.

„Ihr habt leider einen sehr ungünstigen Zeitpunkt gewählt. Seit Stunden kämpfe ich gegen ein unglaubliches Durcheinander. Ich bin wirklich nicht in der Verfassung, euch herumzuführen."

„Wir sind nur vorbeigekommen, um Ihnen zu danken. All die Apparate sind wirklich fantastisch."

„Dein Vater meinte es auch. Ach, übrigens, wo ist er?"

Das war für Tom endlich die Gelegenheit. Da er vermutete, daß in der Halle Abhörgeräte eingebaut waren, wußte er nicht so recht, wie er dem Professor ihre Entdeckung mitteilen könnte. Mit der Frage nach seinem Vater hatte er Tom eine goldene Brücke gebaut.

„Es geht ihm nicht sehr gut. Der eigentliche Grund unseres Besuches ist nämlich, daß wir Sie fragen wollten, ob Sie ihn nicht besuchen könnten. Ich weiß, daß es ihm guttun würde."

Mona und Rick errieten Toms Plan.

„Aber ich hab ihn doch gestern gesehen. Und da wirkte er noch ganz wohlauf. Es tut mir leid, das zu hören. Ich werd ihn über Vistaphon anrufen."

„Es wäre ihm sicher lieber, er könnte Sie persönlich sehen."

„Mal sehen, ich werde mein Bestes tun. Aber erst später. Ihr müßt wissen, heute ist kein guter Tag für uns."

„Warum?"

„Drei von unseren Lastwagen sind gestohlen worden."

Drei Lastwagen! Etwa die, die sie am Schrottplatz gesehen hatten? Die drei sahen sich verblüfft an.

„Diese Klauerei ist in eine regelrechte Epidemie ausgeartet. Aber laßt mich mal den Dienstplan mit Mr. Ginsler durchsehen, damit ich weiß, wann ich hier wegkann."

Langsam entfernte sich Professor Coleman. Normalerweise hätte ihn der Besuch belebt. Aber alles, was es heute an Neuigkeiten gab, schien ihm zuzusetzen.

Wieder war das Grollen zu hören. Dieses Mal hörte es sich so an, als müßte das Gewitter ganz in der Nähe sein.

Seltsamerweise war am Himmel immer noch keine einzige dunkle Wolke zu sehen.

Mona schaute zu den beiden Kühltürmen hinüber. Die wollte sie sich aus der Nähe ansehen. Sie war zum erstenmal auf dem Gelände, und vielleicht war dies die letzte Gelegenheit, bevor die Türme endgültig abgerissen sein würden. Rick wollte seine Schwester begleiten.

„Nein, ich komm mit“, bot Tom an.

Doch nun tauchte Douglas Mills mit einem großen Briefumschlag auf.

„In zwei Stunden wird Professor Coleman fertig sein. Er gab mir diese Fragebögen für euch mit. Es sind Berufseignungstests.“

„Und ich? Was ist mit mir?“ Mona war erstaunt.

„Er hat mir nur zwei gegeben. Aber wenn du willst, laß ich noch einen kommen.“

„Nein danke, muß nicht sein. Während die beiden mit den Bögen beschäftigt sind, seh ich mich etwas um.“

Mona drückte ihre Umhängetasche an sich und vergewisserte sich, ob die kleinen Ohrstöpsel an den Geigerzähler angeschlossen waren.

Für sie war die abgebaute Anlage ein höchst interessantes Gelände. Die Arbeiter wirkten völlig unbesorgt und winkten ihr freundlich zu, als sie vorbeikam. Man hatte den Eindruck, der Abriß sei für die Beschäftigten nicht im mindesten gefährlich oder in irgendeiner Weise bedrohlich.

Bei den Laderampen erkannte sie die beiden Techniker. Sie luden gerade eine Reihe von braunen zylindrischen Behältern auf ihren Pickup. Und auf dem Boden neben dem Wagen lag Monas Bleisack!

In einem kühnen Moment beschloß Mona, ihrer Intuition zu folgen. Sie lief zum Parkplatz, schrieb den Freunden hastig einen Zettel und befestigte ihn im Wagen.

Als sie zu den Laderampen zurückkehrte, grollte wieder ein Donner über den wolkenlosen Himmel. Sie bekam ein äußerst unangenehmes Gefühl in der Magengegend. Dabei fand sie Gewitter sonst eher faszinierend. Sie blickte sich um. Es sah so aus, als hätte das Gegrummel am Himmel die Arbeiter veranlaßt, schneller zu machen. Ihr fiel ein, was sie an Bienen beobachtet hatte. Wetteränderungen hatten eine ähnliche Reaktion bei den Tieren hervorgerufen. Aber die Leute hier waren doch keine Insekten!

„Aus dem Weg", dröhnte die Stimme eines Lastwagenfahrers vom Außenlautsprecher seines Führerhauses.

Er winkte Mona auf einen Fußweg. Von dort beobachtete sie eine Lastwagenschlange, die den Tunnel zwischen den beiden Kühltürmen verließ. Dies war die letzte Zuladestation für radioaktiven Abfall. Jedesmal wenn ein Lastwagen an ihr vorbeifuhr, meldete sich ihr Gerät mit einigen Zählimpulsen. Das bedeutete einen Radioaktivitätspegel, der über dem der natürlichen Hintergrundstrahlung lag. Sicher war es kein Zufall, daß all diese Fahrzeuge das Pyramidenzeichen trugen.

Und immer noch mehr…, dachte sie bei sich.

Mona erreichte eine Ecke der Laderampe und war fest entschlossen, nun herauszufinden, was die beiden Techniker mit dem Bleisack anstellen würden. Warum hatten sie ihn vom Gesundheitshaus hierhergebracht? Und was war in den übrigen zylinderförmigen Behältern?

Aus ihren Ohrstöpseln hörte Mona jetzt nichts mehr, der Geigerzähler hatte keine weiteren gefährlichen Werte registriert. Das gab ihr nun den Mut, sich weiter vorzuwagen. Vorsichtig vergewisserte sie sich, ob niemand in der Nähe wäre, stieg auf die Laderampe und in den Laderaum eines Lastwagenanhängers, der am nächsten stand.

Abgestempelte Tonnen mit nichtgiftigen Flüssigkeiten lagerten an einem Ende. Der Geigerzähler summte nur ganz leise. Sogar die leeren zylindrischen Behälter bewirkten keinerlei merkliche Meßwerte.

Der hier scheint sauber zu sein, sagte sie sich. Ich werde mal einen der anderen Laster testen.

Mona hörte draußen Stimmen. Die Fahrer kamen zurück. Es klang nach einer Auseinandersetzung. Mona zog sich wieder ganz in das Innere des Anhängers zurück und kroch hinter eines der Fässer.

Wummm! Etwas war auf die Ladefläche gefallen, die Tür wurde zugeschlagen, und Mona saß im Dunkeln. In ihren Ohren knisterte es. Was immer hier reingeworfen wurde, es war radioaktiv! Sie bemühte sich, Ruhe zu bewahren und über den nächsten Schritt nachzudenken. Währenddessen wurde ein Dieselmotor gestartet. Der ganze Laderaum zitterte, als der Anhänger an die Zugmaschine gekuppelt wurde. Mona war in einem Sattelschlepper eingeschlossen, zusammen mit einer Ladung von atomarem Abfall!

Getrennt marschieren

Rick blickte von seinem Fragebogen auf. Ihm gegenüber saß Tom. Auch er schob den Bogen auf die Seite und folgte dann dem Blick seines Freundes. Beide sahen sie eine Formation weiterer Sattelschlepper wegfahren.

„Das hört ja nie auf", murmelte Rick.

„Kann es auch nicht, wenn sie ihr Soll noch nicht erreicht haben", antwortete Tom. „Wie bist du mit den Fragen zurechtgekommen?"

Rick nahm sein Blatt auf. „Ein bißchen Unterstützung von Mona hätte ich ganz gut gebrauchen können."

Sie konnten nicht wissen, daß Mona in den Anhänger eingesperrt war, den sie gerade beobachteten. „Gut, daß Mona den Test nicht mitgemacht hat. Bei dem Paranoiaabschnitt, du weißt schon – die Frage nach seltsamen Erlebnissen –, da wäre sie wohl ziemlich aufgefallen." Rick konnte die Ironie nicht ahnen, die in seiner Bemerkung lag – in Anbetracht von Monas augenblicklicher Lage.

Der Projektleiter betrachtete den Vermerk „geheim“.

„Das ist das Neueste, was wir haben“, wiederholte Douglas Mills.

Ray Ginsler war noch nicht zufrieden. „Jede halbe Stunde will ich den neuesten Stand. Und sieh nach, was Coleman macht.“

„Und was soll mit den Kids geschehen? Sie sitzen oben und füllen diese alten Anstellungstests aus.“

„Aha, sehr gut, man muß sie irgendwie beschäftigen, genau; dir wird schon noch was einfallen.“ Ginsler lachte. Er hatte sich jetzt um Wichtigeres zu kümmern. „Sowie die Ergebnisse vom Schrottplatz eintreffen, will ich den Handel unter Dach und Fach bringen.“

Der Gedanke daran ließ die beiden Männer befriedigt grinsen. Die letzte Phase des Abbaus hatte begonnen. Es mußte noch eine kritische Entscheidung getroffen werden. Der Projektleiter lehnte sich in seinem Stuhl zurück.

„Was meinst du, wieviel werden wir bekommen?“

Doug Mills grinste. „Drei bis vier, denke ich.“

„Millionen!“

„Dollar – für jeden!“

Ray Ginsler nahm den weißen Schutzhelm. „Nicht schlecht, für sechs Monate Arbeit.“

„Teilzeit, bitte schön“, korrigierte Mills.

Beide Männer genossen den Gedanken, daß sie so leicht und schnell reich werden sollten. Mit ihren Köderladungen und dem Weiterverkauf von nuklearem Abfall klappte alles bestens.

„Schau mal nach dem Alten“, riet Ray.

Professor Coleman saß über dem computerisierten Blaupausenauswerter gebeugt. Sein Büro war ein kleiner Raum im zweiten Stockwerk. Als Douglas Mills eintrat, hob Coleman den Blick. An seiner Körperhaltung konnte man seinen ganzen Frust ablesen.

„Haben Sie schon etwas gefunden?“

„Nein, Mr. Mills. Mit Ihren Eingabedaten muß irgend etwas nicht stimmen. Ich habe immer wieder nachgerechnet. Meine ursprünglichen Berechnungen sind nach wie vor stichhaltig."

„Aber wo soll das alles hingekommen sein? Setzen Sie doch einfach eine andere Formel für die Zerfallsrate ein."

Ärger stieg in dem abgearbeiteten Mann hoch. „Ich habe bereits mit allen existierenden Formeln gerechnet. Mit keiner läßt sich das Verschwinden von einer halben Tonne nuklearen Abfalls erklären!"

Jetzt hielt es Mills für klüger, sich zurückzuziehen.

„Gut, ich werde Ray Ihre Ergebnisse mitteilen."

„Bemühen Sie sich nicht, Mr. Mills. Ich habe ohnehin einiges mit ihm zu besprechen." Coleman konnte ein Gähnen nicht mehr unterdrücken. „Warum schicken Sie mir nicht die Kids vorbei? Etwas jugendlicher Optimismus täte mir ganz gut im Augenblick."

Mills nickte und ging hinaus. Er sah die Berechnungen des Physikers durch und überlegte sich Gegenargumente. Sie müßten nur so beschaffen sein, daß sie für drei Tage vorhielten. Danach wären er und Ginsler bereits außer Land – für immer.

„Na, wie war's denn? Doch nicht etwa zu happig?"

Tom und Rick dehnten sich ein bißchen.

„So schlimm kann es doch nicht gewesen sein", gab Mills zu verstehen, als er die ausgefüllten Bögen an sich nahm. „Das ist in der ganzen Branche so üblich. Auch wenn diese Anlage stillgelegt wird, führen wir Tests durch und vermitteln Arbeitskräfte."

„Und wann werden wir bitte schön an Professor Coleman vermittelt?" wollte Rick wissen.

Mills spürte die Ungeduld der beiden. Schließlich gab er ihnen zu verstehen, daß sie mitkommen sollten. Tom und Rick folgten Mills in den zweiten Stock.

„Wo ist denn das Mädchen?“ erkundigte sich Coleman.

„Meine Schwester sieht sich auf dem Gelände um. Sie wollte mal zu den Türmen rüber.“

„Auch gut. Die Dinger werden ohnehin nicht mehr lange stehen. Allerdings, wundert euch nicht, wenn ich noch schneller weg sein werde als die beiden Türme!“

Diese Bemerkung ließ die Jungen aufhorchen. Im Gesicht des Professors war die ganze Anstrengung zu lesen.

„Sind Sie krank?“

„Wahrscheinlich bin ich's, Tom. Aber ich wär der letzte, der das zugeben würde. Eher schlicht und einfach überarbeitet.“

Sie führten ihn zu seinem Stuhl, und Tom brachte ein Glas Wasser, Coleman trank langsam. Einen Moment lang funkelten seine Augen wieder.

„Um noch einmal auf die Anstellungstests zurückzukommen: Solltet ihr eine Antwort von der Nuclear-Advisory-Board bekommen, reagiert bloß nicht drauf! Sicher, es gehört schon einiges an grauen Zellen dazu, um so einen Test zu bestehen, aber es verlangt noch mehr Scharfblick, eine solche Arbeit abzulehnen.“

Rick hakte nach. „Wieso sollten wir ein Angebot ablehnen? In atomaren Anlagen werden doch auch Computerfachkräfte gebraucht.“

„Sicher, aber nur, wenn ihr euch unbedingt einen Schwermetallmagen holen wollt. Außerdem, wer ein paar Jahre in so einer Anlage gearbeitet hat, verliert seine Entdeckerfreude. Schaut mich an. Ich habe an drei Universitäten Physik gelehrt und auch Versuchsaufbauten zur atomaren Energiegewinnung betreut. Um mal was anderes zu machen, hab ich das Angebot angenommen, die Einrichtung von Emerald zu überwachen. Und was geschah? Wie Strontium oder Caesium, ich war nicht mehr wegzubekommen.“

Daß er ausgerechnet diese Elemente erwähnt hatte! Für Tom und Rick hatten sie besondere Bedeutung, denn diese nuklearen Nebenprodukte waren auch in dem Schmutz entdeckt worden, der an ihren Schuhen klebte.

„Dein Vater hat das einzig Richtige getan: Er kam, machte seine Arbeit und ging wieder.“ Coleman machte eine Pause. „Ach ja, hattest du nicht gesagt, er wollte mich sehen?“

„Doch. Sobald es Ihnen möglich wäre. Er würde sich freuen.“

Während Tom sprach, schrieb er etwas auf ein Stück Papier. Tom fürchtete auch hier, in Colemans Arbeitszimmer, sie könnten abgehört werden. „Was meinen Sie, Herr Professor?“

Tom hatte einen Finger an die Lippen gelegt. Coleman wurde wachsam. Er mußte das Blatt dicht vor die Augen halten, die völlig überanstrengt waren. Immerhin hatte er die ganze Nacht über den Blaupausen gesessen.

„Ich hatte nicht gedacht, daß es so ernst um ihn stehen würde“, antwortete Coleman klar vernehmlich. Er hatte Toms Nachricht gelesen und bemühte sich jetzt, bei eventuellen Mithörern den Eindruck zu wecken, als ginge es um den Besuch bei Toms Vater. „Bist du sicher?“

„Ja, ziemlich.“

Tom nahm Coleman das Blatt ab und gab es Rick. Bevor er es zerriß, las er: „Ihre gestohlenen Lastwagen laden atomaren Abfall auf einem Schrottplatz ab. Kommen Sie bitte mit uns!“

„Tom, dein Vater und ich kennen uns schon lange. Sogar noch aus der Zeit, als er noch nicht verheiratet war. Wenn ich ihm also eine Freude bereiten kann, so will ich's auch tun.“

Tom und Rick strahlten. Er wollte ihnen also helfen. Coleman zog aus einem Diskettenbehälter auf dem Schreibtisch zwei bierdeckelgroße Disketten in Plastikgehäusen. Tom und Rick blickten sich an. Laserdisketten! Der Professor reichte Tom die Disketten über den Schreibtisch, die der Junge blitzschnell in seinem Hemd versteckte.

„Ich muß Mr. Ginsler Bescheid sagen, für den Fall, daß er mich brauchen sollte.“ Mit gespieltem Horror rollte Coleman die Augen. „Wir treffen uns auf dem Parkplatz."

Rick ging voraus. Tom tastete nach den Disketten und drückte sie vorsichtig an den Körper. Kaum hatten sie das Gebäude verlassen, beeilten sie sich. Wieder hatten sie das Gefühl von einem Wettlauf gegen die Zeit.

„Und was ist mit Mona?" fragte Rick.

„Sie muß hier irgendwo in der Nähe sein. Schau du mal nach. Ich warte solange im Auto – mit dem kleinen Geschenk."

Rick machte sich auf den Weg zu den Kühltürmen. Dafür dürfte sich seine Schwester am meisten interessiert haben. Auf den ersten Blick konnte er aber keine Spur von ihr entdecken. Aber er bemerkte, daß sich an der Laderampe etwas tat. Er kam näher und sah, wie die beiden Techniker weitere Zylinder aufstapelten.

Tom hatte inzwischen Monas Zettel entdeckt: „Bin auf einer Spur. Peiler auf 701 Megahertz einstellen." Ärgerlich zerknüllte er das Papier.

Mit der ausfahrbaren Richtantenne hatte das Peilgerät eine Reichweite von 120 Meilen. Nachdem er das Bedienungsfeld des Gerätes aus dem Armaturenbrett geklappt hatte, setzte er den Mikrotransceiver in Gang. Aus dem Piezolautsprecher tönten in stetiger Folge die typischen Piepser – das Display zeigte an, daß sie sich offenbar in nordöstlicher Richtung von ihnen fortbewegte. „Verdammter Mist! Damit gefährdet sie uns alle."

Er versteckte die beiden Disketten unter dem Sitz. Hier wegzugehen, wagte er nicht, denn Professor Coleman könnte ja ausgerechnet in der Zwischenzeit auftauchen. Und überdies hätte er sich auch noch Sorgen um Rick machen müssen, wenn der herausfand, was Mona gerade tat.

„Dieses Mädchen!"

Tom saß wie auf Kohlen. Schließlich konnte er es nicht mehr länger aushalten. Er stellte den Peiler ab und vergewisserte sich nochmals, ob die Disketten sicher untergebracht waren. Dann schloß er den Wagen ab und machte sich auf die Suche nach Rick.

Professor Coleman war noch nirgends zu sehen. Vermutlich spricht er noch mit Ginsler, dachte Tom. Er war überzeugt, daß der Projektleiter gegen die durchaus übliche Entschuldigung, daß man einen kranken Freund besuchen müsse, kaum etwas einwenden würde.

„Hallo, Ricky, hierher!“

Sein Freund kam von den Laderampen angelaufen. Über die Neuigkeiten, die es von Mona gab, war Rick ebenso aufgebracht wie Tom.

Rick versetzte einem unsichtbaren Gegenstand einen heftigen Fußtritt. „Warum, verdammt noch mal, muß sie unbedingt eine Solonummer abziehen? Was machen wir jetzt? Wir sind doch mit Coleman verabredet!“

„Weiß ich auch nicht. Aber wir müssen ihm die Einzelheiten über den Schrottplatz mitteilen. Er ist der einzige, der irgendwas unternehmen kann.“

„Wo ist er denn?“

Sie schauten hinüber zum Hauptgebäude. Immer noch steuerten Lastwagen mit dem Pyramidenzeichen und unbekannter Fracht den Ausgang an.

„O je, scheint, wir kriegen Ärger“, murmelte Rick.

Ray Ginsler und Douglas Mills kamen auf sie zu. Der Projektleiter trug eine Rolle Zeichenpapier, die er wie einen Baseballschläger hielt.

Die Männer näherten sich und machten den Jungen ein Zeichen, daß sie mitkommen sollten.

„Professor Coleman kann euch jetzt leider nicht begleiten“, erklärte Ginsler. „Er muß doch noch einige Berichte vervollständigen. Der Termin muß unbedingt eingehalten werden. Wir sind hier alle dermaßen unter Druck, daß jeder von uns jetzt mehrere Dinge gleichzeitig tun muß.“

„Wann wird er denn verfügbar sein?“

Sie gingen schneller. Ginsler versuchte, die Jungen abzu-

7 9111-10

schütteln. „Morgen. Wahrscheinlich irgendwann am Nachmittag."

Tom bedankte sich.

Die beiden Jungen kehrten um in Richtung Parkplatz.

Mills blieb noch einmal stehen und rief ihnen nach, wo denn das Mädchen abgeblieben wäre.

„Sie..."

„Sie wartet im Wagen", beendete Rick den Satz.

Es sah so aus, als sei Mills mit dieser Antwort zufrieden. Er lief ein Stück und holte Ginsler bei der Laderampe an einem der Türme ein.

Tom und Rick rannten auf dem kürzesten Weg zum Auto.

Sobald der Geigerzähler „+ 8 rem" anzeigt, bedeutet das Gefahr, falls man dieser Strahlung länger als drei Stunden ausgesetzt ist. Für Mona brach bereits die zweite Stunde in ihrem „Gefängnis" an.

Der Sattelschlepper war zwar für schwere Ladungen gebaut, aber die Stoßdämpfer mußten völlig hinüber sein. Gefährlich war nicht nur die Strahlung. Bedrohlich waren für Mona auch die schwankenden Stapel der gestempelten Fässer. Bei jeder Unebenheit der Straße fiel eines herunter.

Monas Augen hatten sich inzwischen an die Dunkelheit gewöhnt. Durch die Minikopfhörer ihres Geigerzählers hörte sie nicht nur Meßdaten vom Geigerzähler, sondern auch den konstanten Rhythmus der Rückmeldeimpulse für den eingebauten Peilsender. Intuitiv glaubte sie zu spüren, wie ihre Freunde sie im Richtstrahl hatten.

Langsam vergingen die Minuten. Mona nahm aus ihrem Beutel eine kleine Plastikflasche und schluckte noch eine der gelben Kapseln mit B4-Kaliumjodid.

Plötzlich quietschten die Bremsen, der Sattelschlepper hielt. Wieder stürzten einige Fässer. Mona hörte die Stimmen der Fahrer an der Seitenwand, dann immer näher an der Hintertür.

Ihr wurde ganz schlecht. Sicher würde sie gleich entdeckt werden.

Die Ladetür wurde aufgerissen, Sonnenlicht füllte den Raum. Mona fühlte sich hilflos.

„Warum hab ich nichts davon erfahren?“ Ginsler schrie.

Der kahlköpfige Techniker antwortete nicht.

„Wann kam das?“ Der Projektleiter brüllte weiter.

„Ziemlich spät, gestern nacht“, berichtete der größere von den beiden Technikern. „Wir ließen es im Sack und schickten den Bericht rein.“

„Mills! Wo ist dieser Bericht? Warum hab ich ihn nicht erhalten?“

Douglas Mills zuckte nervös die Achseln. „Es ist möglich, daß Coleman ihn bekommen hat. Er hat die Nacht durchgearbeitet, Ray. Du hast ihn doch gebeten, der Behauptung nachzugehen, daß Ladungen verlorengegangen sind.“

„Dieser alte Geier“, fluchte Ginsler. „Wenn das rauskommt...“

„Wird es nicht“, versprach der Kahlköpfige.

„Wird auch besser sein. Sonst landet ihr beide auch noch in diesem Sack!“

Der Bleisack, der Beweisstücke dafür enthielt, daß die Sicherheitsvorschriften umgangen wurden, lag noch neben der Ladetür. Ray Ginsler hatte davon erfahren, daß der Inhalt von der Gesundheitsbehörde getestet worden war und man Spuren radioaktiver Kernspaltungsteilchen gefunden hatte.

Ginsler befahl seinem Collegen Mills, Professor Coleman im Auge zu behalten.

Ginsler wußte, daß die schmutzverkrusteten Stiefel keinem Erwachsenen gehörten.

„Und noch was, Mills, such diese Teenies!“

Ein Tip aus der Datenbank

Die Hintertür fiel zu, und es war wieder dunkel. Mona Powell kroch aus ihrem Versteck hinter einem Stapel von zylindrischen Behältern.

Sie schaffte es sogar zu lächeln. Dacht ich mir doch, daß die Dinger zu irgendwas gut sein würden!

Waren die Behälter nicht so aufgestapelt gewesen, daß die Fässer nicht umfallen konnten, hätte man Mona bestimmt entdeckt. Allerdings, solange die Fahrt dauerte, blieb sie eingesperrt.

Jetzt fiel ihr auf, daß der Geigerzähler keinen Ton mehr von sich gab. Sie rief sich wieder ins Gedächtnis, was sie während der letzten Rast mitgehört hatte.

Einer der Männer wollte wissen, wann denn die Brennstäbe kämen.

Der andere hatte geantwortet: „Mit der nächsten Ladung. Nimm erst mal das hier."

Eine dritte Stimme: „Gut. Dann tu mal den Schrott abladen. Wir schicken es ins Labor."

Daraufhin hatte sie es auf der Ladefläche knirschen gehört, als die Männer Frachtcontainer hinauswuchteten. Mona dachte daran, wie sie sich währenddessen ganz eng an die zylindrischen Behälter geduckt hatte. Erst nachdem die Tür wieder zu gewesen war, hatte ihr Herzklopfen nachgelassen. Dann bemerkte sie, daß der Geigerzähler nicht mehr tickte. Was immer die Männer auch ausgeladen haben mochten, es enthielt atomaren Abfall.

„Der Schrottplatz!" Tom folgerte es aus den Peilsignalen.

Rick widersprach. Mona konnte jetzt nicht mehr dort sein.

Die Zielpeilung zeigte an, daß Mona wieder unterwegs sein

mußte. Auf dem Minidisplay des Gerätes wurde das Signal von Monas Peilsender angezeigt. Jeder Aufenthalt, der länger als zwei Minuten dauerte, wurde registriert und im Routenprotokoll gespeichert. Zwei Punkte leuchteten noch am Bildschirm. Es waren die beiden letzten Stationen am Schrottplatz.

„Wir haben sie gerade eben verpaßt." Tom vermutete sie wieder auf der Autobahn.

Er schaltete auf Rundpeilung. Das System fing an zu arbeiten. Sobald es Monas Funksignal identifiziert hatte, ging es in den Richtpeilmodus und meldete Monas Position als blinkenden Leuchtpunkt auf dem Gitternetz des Minibildschirms.

„Rate mal, wohin sie fahren!"

„Sag schon", kam es von Rick ganz ungeduldig.

„Nach Stanton."

Der Sportwagen bäumte sich auf, als sie mit Vollgas in die Expressautobahn einscherten.

Rick hielt den Blick auf die Fahrbahn gerichtet und forderte Tom auf, die Augen offenzuhalten.

Im elektronischen Rückspiegel war kein weiteres Fahrzeug zu sehen. Während sie auf der Schnellstraße dahinjagten, öffnete Tom das Handschuhfach. Er fischte zwischen den Straßenkarten eine offene Kaugummipackung heraus und hielt sie seinem Freund hin. Der bediente sich, ohne den Blick von der Fahrbahn zu wenden. Tom nahm sich drei Stück auf einmal.

„Wie wär's mit einer Anfrage zu Hause?"

Tom nickte, griff nach dem Mikrofon des Autotransceivers und tippte die Telefonnummer seiner Eltern. Dreimal versuchte er es. Keine Antwort.

„Die müssen weggegangen sein. Soll ich's mal bei Dalby versuchen?"

Er zögerte jedoch. „Was sollen wir denn der Polizei erzählen? Wo sich Mona im Augenblick befindet, wissen wir ja nicht. Möglicherweise hat sie ja einfach bloß jemanden gefunden, der sie nach Hause fährt. Und außerdem, wir wissen gar nicht, wie der Wagen aussieht, in dem sie unterwegs ist."

„Ich glaube, damit kommen wir weiter." Rick zeigte auf den Bildschirm ihres Peilempfängers.

Im Gitternetz war nach wie vor der Zielkreis mit der genauen Position von Monas Sender zu sehen. Mit jeder Meile kamen sie ihr näher.

Wenn das vorbei ist, kann ich mich als Akrobat bewerben! Mona schüttelte die Haare aus dem Gesicht, während ihre Hände sich um die Haltegriffe des Containers spannten.

Immer häufiger ging es um scharfe Kurven. Zwischen den schwankenden Fässern suchte Mona trotz der Dunkelheit das Gleichgewicht nicht zu verlieren. Ihre Stimmung hob sich, als sie an den Außengeräuschen erkannte, daß der Wagen jetzt durch die Stadt fuhr. Gehupe drang zu ihr in den dunklen Laderaum. Der starke Ruck beim Anfahren und Bremsen erinnerte sie an die Fahrten mit Rick und dessen Vorliebe für Kavalierstarts und Ampelspurts. So gesehen hatte das Geruckel schon beinahe etwas Beruhigendes.

Vielleicht sollte ich versuchen, die Tür aufzukriegen – hier im Stadtverkehr sieht mich sicher irgend jemand, überlegte sie. Den Gedanken verwarf sie aber gleich wieder, weil ihr einfiel, daß vielleicht ein zweiter Wagen aus Sicherheitsgründen hinterherfahren oder ein weiterer Transporter dem Sattelschlepper folgen könnte.

Wieder quietschten die Bremsen. Drei Fässer stürzten zu Boden. In dem Dunkel hörte sich der Lärm noch beängstigender an. Jetzt wurde sie an die eine Wand des Laderaums geworfen. Anscheinend wendete der Sattelschlepper gerade. Endlich hielt das Fahrzeug an, und der Motor wurde abgestellt. Sie vernahm, wie die Fahrertür zugeschlagen wurde und Schritte näher kamen.

Mona hielt den Atem an.

Die Schritte entfernten sich. Ging der Fahrer etwa weg?

Mona stand auf und lauschte angestrengt. Ein Wagen näherte sich und blieb gegenüber stehen.

Jemand kratzte an der Tür – wie jemand, der nicht genau wußte, wie sie aufging. Die Entführer, durchfuhr es sie.

Sie starrte nur noch auf die Tür und hörte das Kratzen. Was würde man mit ihr machen? Den Fahrern vom Kraftwerk hätte sie noch irgendeine Geschichte aufzutischen vermocht. Aber den Entführern? Das waren ja Verbrecher. Für die wäre Mona jemand, der sie mit einer Zeugenaussage belasten könnte und daher zum Schweigen gebracht werden müßte. Das Krachen des aufgestoßenen Riegels fuhr ihr durch den Magen, die Ladetür schwang nach oben, und der warme Lichtschein einer strahlenden Nachmittagssonne erhellte den stickigen Laderaum.

„Mona?"

Sie kauerte am Boden, als sie Ricks Stimme vernahm. Vorsichtig schob sie einen der zylindrischen Behälter zur Seite und lugte hinaus.

„Rick!"

Er antwortete nicht, sondern winkte seine Schwester nach draußen. Während Mona nach vorne kam und von der Ladeklappe hinabglitt, blickte Rick fortwährend nach rückwärts.

Sie standen auf einem der Parkplätze mitten in der Stadt. Der Fahrer war zu einem Schnellimbiß in der Nähe gegangen, und Tom hielt Wache. Rick zog die Laderaumtür herab und verriegelte sie wieder.

„Du kannst von Glück reden, daß sie nicht plombiert war."

„Und daß meine Solarzellen funktioniert haben", ergänzte Mona und klopfte mit den Fingernägeln auf das Akkufach ihres Peilsenders.

Tom lief den Geschwistern entgegen. „Schnell, der Fahrer kommt zurück!"

Als Mona sich auf den Rücksitz des Sportwagens zwängte, streckte Tom ihr gleich die Hand entgegen.

„Gib mir die Wanderpetze, ich hab eine Idee!“

Er nahm den Kaugummiklumpen aus dem Mund und drückte den kleinen Sender in die feuchte Masse. Er rannte zum Lastzug und klebte sie unter das Trittbrett der Fahrerkabine.

„Fertig“, rief er Rick zu und ließ sich in den Beifahrersitz zurücksinken.

Mona blickte sich noch mal aufatmend nach dem Sattelschlepper um, der während der letzten beiden Stunden ihr Gefängnis gewesen war. Der nichtsahnende Fahrer erreichte gerade sein Fahrzeug, als die drei losbrausten.

„Wie lange seid ihr mir nachgefahren?“

„Du meinst, hinter dir hergedüst? Der Fahrer hat sie wohl nicht alle!“

Tom nickte. „Seit dem Schrottplatz hatten wir dich auf dem Schirm.“

„Aber da war ich doch gar nicht.“

„Dem Positionsrechner nach warst du ganz bestimmt dort.“

„Aber das ist unmöglich!“

Rick wollte wissen, weshalb.

„Der Geigerzähler hätte sich doch wie wild gerührt, wenn ich dort gewesen wäre.“

Während Rick sich auf die Straße konzentrierte, winkte er Tom kurz zu, er möge das doch klären.

Tom saß mit dem Rücken zur Beifahrertür und schaute nach hinten zu Mona.

„Die hatten einen kleinen Behälter mit radioaktivem Material im Laderaum. Das weiß ich sicher, weil der akustische Meßwertmelder ‚+ 8 rem‘ in meine Stöpsel gefiept hat. Irgendwo wurde er dann rausgeholt, und vom Zähler kam nichts mehr. Rick, du weißt doch, wie hoch die Strahlung am Schrottplatz war, als wir das erste Mal dahin gefahren sind. Ganz unmöglich, daß wir jetzt auch nur in die Nähe gekommen wären. Die Stelle, an der abgeladen wurde, muß woanders gelegen haben!"

Tom dachte eine Weile nach. „Und während ihr gehalten habt, hat sich da der Zähler gemeldet?"

Die einzige Strahlenquelle war eben der abgeladene Behälter."

Rick erkannte, daß sein Freund offenbar den gleichen Gedanken hatte.

„Mona, wir sind aber die Strecke gefahren. Die Ortung war eindeutig positiv. Und der Peiler funktioniert zweihundertprozentig, wir haben ihn doch erst letzte Woche noch mal genau abgeglichen und an den Referenzfunkbaken geeicht!"

Tom machte auf der Linie weiter. Sein Einwand war, daß Mona ja nicht gesehen hatte, wo der Wagen hielt. „Schau, du gehst von dem aus, was der Zähler tun hätte müssen, wenn ihr dort gewesen wärt. Hab ich recht? Zwei Dinge hätten aber passiert sein können. Entweder hatte die Stromversorgung deines Geigerzählers Schlagseite..."

Mona protestierte sofort. „Unmöglich! Hier, die Batterieanzeige steht im grünen Feld. Der Saft reicht noch mindestens drei Wochen."

Tom fuhr fort. „Ja, oder man hat alles Radioaktive aus der Umgebung des Schrottplatzes entfernt."

Wie hätte das geschehen können? Ein derartiges Verfahren kannten die Freunde nicht. Nach einer so starken Verseuchung das Gebiet wieder zu „säubern"? Wenn das möglich sein sollte, so bedeutete dies eine bahnbrechende wissenschaftliche Entdeckung!

„Wohin fahren wir?" fragte Mona.

„In unsere Werkstatt", antwortete Tom, als Rick in den Cartesian Freeway bog.

„Halte bitte am Gesundheitsamt. Dr. Skyne muß sofort von alldem informiert werden."

Tom bat sie um Geduld. „Erst müssen wir den Bildspeicher vom Optoskop auswerten. Danach können wir hinfahren."

Inzwischen ging es schon gegen Abend, als Rick in der Einfahrt zu seinem Elternhaus hielt und die drei Freunde aus dem Wagen stiegen.

„Ich muß unbedingt duschen." Damit verschwand Mona durch die seitliche Veranda. Ihre Kleider waren voller Staub und Ölflecken. Im warmen Wasser wollte sie sich entspannen und dann etwas essen.

Tom und Rick gingen zur Werkstatt hinüber, die hinter der Bensonschen Garage lag. Rick faßte seinen Freund leicht an der Schulter. Er wollte ihn vor neuem Ärger bewahren.

„O je, fast hätt ich's vergessen; danke!" Jetzt standen sie am Abflußrohr hinter der Garage, und Tom tippte auf der hinter einer Steckdosenklappe gut getarnten, wetterfesten Folientastatur den Entschärfungscode für die Alarmanlage ein. Sonst wäre wieder einmal auf ganz diskrete Weise das Polizeirevier in Stanton verständigt worden. Einige Fälle von Fehlalarm hatte er ohnehin schon auf dem Kerbholz. Und für das nächste Mal hatte der verantwortliche Beamte eine gebührenpflichtige Verwarnung angedroht.

An Mr. Chips, der noch auf seinem Posten stand, schaltete Tom nun das zusätzliche Bewachungsprogramm ab. Der Hausroboter bewegte sich nicht mehr, als Tom und Rick zu arbeiten begannen.

„Igitt, wann haben wir den denn zuletzt benutzt?" fragte Rick mit deutlichem Ausdruck von Ekel.

Tom blickte auf und sah, wie er über den Plotter gebeugt an den Farbpatronen herumfummelte. Seine Finger waren mit Tinte verschmiert.

„Ey, mach hier keine Schweinerei, der Zeicheneinsatz ist in Ordnung und frisch geladen – wenn du dich damit nicht auskennst, dann mach gefälligst deine Freßleiste auf und frag mich erst, bevor du die Zeichenplatte auch noch vollferkelst!"

„Is ja schon gut, könntest einen ja mal gelegentlich huldvollst informieren, wenn du schon deinen Silicon-Dürer frisiert hast. Jedenfalls kenn ich mich damit nicht mehr aus."

„Du kennst den Ordner mit der Dokumentation für die Geräte-Umbauten – und lesen haste sicher auch noch nicht verlernt, oder?"

„Okay, okay..."

„Aber mach bitte vorher einen Abstecher zum Waschbecken."

Das war schon etwas schärfer als der sonst übliche scherzhafte Schlagabtausch.

Rick hob die Schultern und ging wortlos zum Händewaschen. Spannung lag in der Luft. Beide waren gereizt. Jeder hatte Angst, einen Fehler zu machen und den rätselhaften Ereignissen nicht auf die Spur zu kommen.

Als Rick zurückkam, hatte Tom den Plotter startbereit geschaltet und den Zeichenkopf nachjustiert. Sein Freund nahm das Bildspeichermodul aus dem Optoskop und verband es mit dem Auswertungscomputer, an dem der Plotter hing. Unter gedämpftem Summen zeichnete das Gerät die gespeicherten Bilder von ihrem Erkundungsstreifzug auf Endlospapier.

In der Zwischenzeit hatte Tom sich mit seinem Mikrocomputer bei der Bundesdatenbank angemeldet.

„Na, du Knalltüte, biste wieder auf normaler Drehzahl?"

„Sorry, Rick, dieser Streß hat mich total angegronkt. Da kann man auch mal ausklinken."

„Schon gut!" Rick trat näher an den Monitor des RND. „Suchst du was Bestimmtes?"

„Vielleicht finde ich ja die Genehmigung zur Stillegung", murmelte Tom vor sich hin.

„Und wozu soll das gut sein?"

„Erst muß ich sie mal gesehen haben, vorher kann ich gar nichts sagen."

Mit Hilfe der Standardabfrage begann Tom nun zu suchen. Damit tat er nichts Ungesetzliches. Der Auskunftspfad ließ sich durch alle Zwischenstationen bis zum Ausgangspunkt zurückverfolgen. So konnte man ihn von jeder Stelle, bei der die Abfrage registriert wurde, erreichen und möglicherweise bei Bedarf Zusatzinformationen übermitteln.

Nach den Aufzeichnungen der entsprechenden Behörde war die Abbruchgenehmigung für Emerald der Firma „Raymond Ginsler" erteilt worden. Es überraschte die beiden Jungen nicht, daß Douglas Mills nicht eingetragen war.

„ERBITTE: MITLG 5, SCHROTTPLÄTZE", gab Tom in den RND ein. Die Suche nach Angaben hatte er auf die Umgebung des Schrottplatzes beschränkt.

„Nichts", seufzte er beim Anblick des einsam blinkenden Cursors unter der letzten Eingabezeile.

Auch Rick ließ einen gedehnten Seufzer hören. Von der Hektik des ganzen Tages schon reichlich mitgenommen, hatte er sich in den Kipplehnsessel neben dem Plotter niedergelassen. Er nahm noch einmal die Kopie der Computeranalyse, die Dr. Skyne hatte ziehen lassen, aus der Schutzhülle. Während der Plotter Bild um Bild zeichnete, lud er die Diskette und schaltete den K-Verstärker dazu. Auf dem Großbildschirm an der gegenüberliegenden Wand flimmerten wieder Bilder von explodierenden subatomaren Kräften. Wie hypnotisiert saß Rick da und schaute. Er wußte, daß sich dies in dem Schmutz abgespielt hatte, der an seinen und Toms Stiefeln geklebt hatte.

Dann wandte er sich wieder hinüber zu Tom, der immer noch am Computer arbeitete.

„Was würde eigentlich geschehen, wenn du diese Daten übermitteln würdest?"

Tom blickte kurz auf. „Und wozu?"

„War nur so ein Gedanke."

„Jeder, der sie auffinge, würde doch nichts anderes denken, als was man ihm vorher schon erzählt hatte. Eine andere Deutung würde doch keinem einfallen. So ungefähr, wie wenn dich irgendwelche Informationen auf einen Sachverhalt vorbereiten, und du dann auch genau das eintreffen siehst."

Bevor Tom sich wieder aufraffte weiterzuarbeiten, murmelte er noch resigniert vor sich hin: „Na ja, was Genaueres weiß ich auch nicht..."

Rick ließ müde die Schultern nach vorne fallen, richtete noch den Blick auf die gegenüberliegende Wand und gähnte wieder.

„Mann, ich bin total erledigt!"

Tom hatte sich unterdessen wieder zur Tastatur gedreht. Er tippte ein: „GESUCHT: MITLG 5: AUTOVERWERTER." Dann fügte er die vorherigen Angaben über die Umgebung hinzu.

Der Rechner vom RND suchte die Bundesdatenbank durch. Drei Einträge tauchten auf. Der mittlere lautete: „DREI PYRAMIDEN, AUTOVERWERTUNG GMBH." In Ricks Müdigkeit drang das unentwegte Klackern der Tastatur. Dann Stille.

„Danke, Rick."

„Wofür denn?"

Er war zu müde, um noch mal zu Toms Monitor rüberzugehen. Sonst hätte er dort ablesen können, wem die „Drei Pyramiden" gehörten: „DOUGLAS MILLS".

Die Spedition des Schreckens

„Mills! Hierher!"

Die Stimme von Ray Ginsler tönte über das Schrottplatzgelände. In dem riesigen Schuppen waren hinter den aufgezogenen Schiebetüren drei Sattelschlepper abgestellt. Douglas Mills war auf das Dach geklettert. „Muß die Leitungsventile überprüfen!" rief er zurück.

„Komm runter, bevor du noch selber reingeschlürft wirst!"

Mills kroch zu der Leiter, die an der Seite lehnte und stieg Sprosse für Sprosse hinab. Dabei kamen zwei Männer mit silbergrauen Strahlenschutzanzügen in sein Blickfeld. Nur ihre Augen waren durch den dicken Plexiglaseinsatz erkennbar. Die Fahrer der Lastzüge waren ähnlich verhüllt.

Über dem Büroschuppen spiegelte sich das Pyramidenzeichen in der Sonne. Es warf die Sonnenstrahlen auf den trockenen Pfad, der zum Schuppen führte. Als Mills das Büro betrat, sprach Ginsler ins Mikrofon: „Mit Teil eins beginnen."

Douglas Mills stand neben seinem Partner. Durch ein Fenster aus Panzerglas beobachteten sie die Vorgänge auf dem Schrottplatz. Die hinteren Türen der Ladeanhänger schwangen nach oben. Die Fahrer kamen hinzu und halfen beim Umladen.

Nach einer Stunde war die Arbeit beendet. Aus den Ladungen der drei Sattelschlepper hatte man eine große Fuhre für einen der Sattelschleppzüge zusammengestellt, der unter dem Gewicht seiner neuen Fracht förmlich zu ächzen schien. Fässer, Kisten, Werkzeug, etliche zylinderförmige Behälter und eine Menge Abfallcontainer lagen ausgeladen zu einem neuen Stapel getürmt in der Nähe.

„Wie sind die Meßwerte?"

Mills warf einen Blick auf die Anzeige seines Geigerzählers. Er wechselte turnusgemäß die Sonde aus, die auf dem Dach montiert war.

„Außerhalb jeglicher Gefahr; + 1,3. Es ist kaum was liegengeblieben."

„Trifft sich gut!" Ginsler war zufrieden.

„Willst du warten, bis die große Ladung sich gesetzt hat? Das würde ich fast empfehlen, bevor wir mit dem Umfüllen anfangen."

„Ist noch genug Zeit?"

Mills zuckte die Achseln. „Eigentlich nicht."

Über ein Megafon, das er aus dem Büro mitgenommen hatte, gab Ginsler neue Anweisungen.

„Alle Mann jetzt zur Pumpstation. An die beiden Fahrer der

leeren Anhänger: planmäßige Fahrtroute wieder aufnehmen!“

Zwei Techniker in Schutzanzügen lotsten die Fahrer heraus. Sobald die Lastzüge den Schuppen verlassen hatten, gingen die Techniker zu einem Aluminiumverschlag. Mit vereinten Kräften klappten sie ihn zur Seite. Eine Pumpanlage kam zum Vorschein, die halb in den Boden eingelassen war.

„Was gibt's da zu trödeln?“ Ginslers Stimme bellte durch das Megafon.

Die Männer schleppten einen dicken Metallschlauch von der Pumpe zu dem zurückgebliebenen Sattelschlepper. Der Fahrer schob die seitlichen Ladetüren zurück. Im Anhänger öffnete er vier Tonnen mit der Aufschrift „RADIOAKTIV“. Die beiden Techniker schlossen das Endstück des Schlauches an den ersten Behälter. Dann gab der Fahrer ein Zeichen zur Bürobaracke hinüber.

Ginslers Befehl anzufangen, dröhnte über das Gelände. Mills setzte das Pumpwerk in Gang. Von einem LCD-Display, der auf einem Schwenkarm montiert war, las er die Meßdaten für die Weiterverarbeitung ab. Sie beobachteten angespannt diese letzte Prozedur. Je näher das Ende rückte, desto breiter wurde ihr Lächeln.

„Keine weiteren Verzögerungen?“

Ginslers Partner beruhigte ihn.

„Kommt die Lieferung aus dem Schacht?“

„Jeden Moment“, versicherte Mills.

Mitten auf dem Schrottplatzgelände schlurften zwei ortsbewegliche Industrieroboter aus einem Schacht, der aussah wie der Eingang zu einem ehemaligen Luftschutzbunker. Von diesem unterirdischen Lagerplatz brachten die ferngesteuerten Handhabungsautomaten zylinderförmige Behälter nach oben.

„Die Blechkulis von unten kommen“, kündigte Ginsler an.

Mills dirigierte die Roboter zu dem offenen Schuppen.

Dort luden sie mit langsamen und präzisen Bewegungen die bauchigen, zylindrischen Gefäße in den Anhänger. Die Techniker hielten sich währenddessen im Hintergrund.

Nachdem die Roboter aus dem Wageninnern aufgetaucht waren, bewegten sie sich auf demselben Weg zurück zum Schacht.

Jetzt beendeten die Techniker die Umfüllarbeiten. Dann zogen sie die Schutzanzüge aus, duschten und suchten einen kleineren Schuppen auf. Dort unterzogen sie sich einer Reinigungsprozedur, die mit Ultraschall arbeitete. Anschließend berichtete der kahlköpfige von den beiden Technikern, daß der Tank bis an den Rand seines Fassungsvermögens gefüllt sei.

Der andere riet Ginsler, die Pumpe reparieren zu lassen. Sie sei undicht.

Ginsler notierte es, während Mills noch eine abschließende Kontrolle anordnete.

„Trotzdem sollten wir jetzt sicherheitshalber gehen", meinte er mit Blick auf den Geigerzähler.

Die beiden Techniker gingen zur Tür.

„Ihr noch nicht. Euch brauch ich noch unten im Labor."

Der Kahlköpfige protestierte. „Wir sind doch schon fertig."

Ginsler nickte. „Ich weiß, aber wir könnten heute nacht noch mal drei Ladungen bekommen."

„Was bedeutet diese Eile?"

„Nichts, kein Grund zur Beunruhigung." Mills lächelte. „Das Labor im Schacht muß lediglich für die nächtliche Lieferung vorbereitet werden."

Damit ließ er die beiden Männer stehen und folgte Ginsler hinaus. Der Lastwagenfahrer ließ den Motor an. Ginsler und Mills setzten sich in ihren Wagen und begleiteten den Sattelschlepper bis zum Ende der Allee. Dort an der Einmündung trennten sich ihre Wege.

Mills und Ginsler fuhren in Richtung Emerald-Kraftwerk, während der gestohlene Lastzug mit der tödlichen Fracht in die andere Richtung entschwand.

„Mona, was siehst du da drauf?“

„Wie soll ich überhaupt was sehen, wenn du unscharfe Aufnahmen heimbringst?“

„Schärfer geht's nicht! Dein Brüderlein hat den Filter vergessen.“

„Ey, Benson, mir scheint eher, du hast sie verwackelt!“

„Jedenfalls sehen die nicht wie Menschen aus, diese Gestalten hier.“

Obwohl Mona sich anstrengte, konnte sie nur verschwommene Figuren sehen. Weil das Optoskop bei abgeschalteter Automatik offensichtlich mit Überbelichtung aufgenommen hatte, ließ sich jetzt auf den Plotterbildern nur schwer etwas erkennen.

„Versuch's doch mit dem Bildverstärker und gib das Ganze auf den Sechsunddreißiger“, schlug sie vor.

„Glaub's oder glaub's nicht, aber mehr ist einfach nicht drin, es ist menschenunmöglich“, meinte Tom geduldig.

Mona schaute die elektronischen Fotos durch, die Rick vom Heckenweg aus aufgenommen hatte. Sie erinnerte sich an die hohe Strahlendosis, die der Geigerzähler dort angezeigt hatte. Ob es wohl daran lag, daß die Fotos so unscharf waren? Und dann ging ihr Toms Formulierung nicht aus dem Kopf: „Es ist menschenunmöglich...“ Warum? – Natürlich war es nicht menschenmöglich!

„Ihr wollt sehen, was die Leute da tun. Es sind aber keine menschlichen Gestalten, es sind Roboter!“

Die Jungen waren ganz verblüfft.

„Wer sonst könnte denn in einer derart verseuchten Umgebung arbeiten? Doch nur mobile Industrieroboter, die von irgendwoher ferngesteuert werden. Schaut doch nur mal genauer hin!“

Damit ließ sich auch erklären, was die Bilder boten: ein paar unterschiedlich große Gestalten, die sich seltsam bewegten. Einige von ihnen trugen Gegenstände. Wären es Menschen, so hätten sie dabei eine andere Haltung.

8 9111-10

„Was die wohl machen? Was glaubst du, Mona?"

„Eins kann ich ganz deutlich erkennen, nämlich, daß diese elektrohydraulischen Raupen-Kulis keine alten Autoteile rumschleppen."

Die Pointe saß. Tom und Rick mußten lachen.

Die Ereignisse auf dem Schrottplatz blieben bis auf weiteres ein Rätsel, für das eine Lösung erst noch gefunden werden mußte. Die drei kümmerten sich jetzt zunächst um etwas zu essen. Tom schaltete den Mikrowellenherd an und ging dann in die Diele, wo Summer und Blinkleuchte der Telepost eine ankommende Meldung signalisierten. Er schaltete nun auch den Tintenstrahldrucker an. „Lieber Mike, hoffentlich geht's Dir schon besser! Dein Sohn Rick und sein Freund Tom sollen noch mal kommen. Viele Grüße an Deine Frau. Alan."

Tom stutzte. „Dein Sohn Rick" – Mike Bensons Sohn heißt Tom und nicht Rick! Und das konnte der Professor unmöglich vergessen haben. Warum hatte er die Namen verwechselt?

Ein stechender Geruch riß ihn aus seinen Überlegungen. Er stürzte in die Küche. Rick und Mona standen mit vorwurfsvollen Blicken vor dem geöffneten Mikrowellenherd. Er hatte mal wieder den Timer falsch eingestellt – und das bei einem Gerät mit Thermogrill zum Abbräunen: für die von Laura Benson liebevoll vorbereiteten Schinken-Käse-Toast ein müllreifer Abgang und für die hungrigen Freunde eine herbe Enttäuschung.

„Wir haben ja noch Milch mit Corn-flakes – und auch noch Honig", versuchte Tom die beiden zu trösten, während er das Küchenfenster weit aufriß.

Die Telepostmeldung ließ Tom keine Ruhe. Als er davon zu sprechen begann, wurde ihm plötzlich klar, was die vertauschten Namen bedeuteten. Natürlich! Dies war der einzige Weg, auf dem der Professor andeuten konnte, daß etwas faul war, ohne daß es jemand bemerkte.

Während sie ihr Müsli löffelten, gingen die drei Freunde die ganzen merkwürdigen Ereignisse durch. Offensichtlich war Colemans Nachricht ein verschlüsselter Hilferuf. Und was auf dem Schrottplatz passiert war, konnten sie sich noch nicht so recht erklären. Dann mußte noch die Sache mit den gestohlenen Lastwagen eingeordnet werden.

„Wie hängt das nur alles zusammen?“ Mona richtete die Frage an ihre Freunde, obwohl sie ahnte, daß sie auch noch nicht mehr wußten.

„Wie üblich – erst wissen wir nicht genug, und dann wissen wir mehr als wir überhaupt wissen wollten, ihr werdet schon sehen.“

„???“ Rick und Mona hoben verwundert die Augenbrauen.

Tom erklärte ausführlicher, was er gemeint hatte. „Wenn man mitten in den Ereignissen drinsteckt, ist es schwer, die einzelnen Bezüge klar zu sehen. Aber da müssen wir jetzt einfach dranbleiben und nicht lockerlassen.“

Sie blickten einander an. Es mußte eine Lösung geben! Sie spielten sämtliche Möglichkeiten durch, auch die scheinbar abwegigsten und kühnsten Gedanken. Hätte jemand bei ihrem Brainstorming Mäuschen spielen können, so wäre er vielleicht zu der Überzeugung gelangt, es mit drei wissenschaftlich argumentierenden Spinnern zu tun zu haben. Einige Stunden wurde die Werkstatt wieder einmal zur Gedankenabschußrampe für den Start ins Unbekannte. Nichts wollten sie dem Zufall überlassen.

Schließlich schlug Tom vor: „Beginnen wir doch mit dem Datenverteiler.“

Bei der Gelegenheit konnten sie gleich einige der ausrangierten Geräte ausprobieren, die Tom und Rick vom Emerald Atomkraftwerk mitgebracht hatten. Die drei genossen die Ironie, die in der Tatsache steckte, daß sie Geräte dieser Anlage benutzten, um damit Probleme zu lösen, die ihnen durch diese Anlage erst beschert worden waren.

„Vergiß nicht, für die Schnittstellenanpassung mußt du im

Handbuch die Protokollversion ‚DFÜ an Telekommunikationsnetzen‘ durchchecken. Die Escape-Sequenzen sind gar nicht so viel anders.“ Rick, der gerade in einer Schublade nach einem passenden Verbindungsstecker suchte, nickte.

„Tom, kannst du bitte mal den Lötkolben anwerfen?“

„Gleich – sag mal, unter welchem Dateikennwort haben wir denn die Einträge zu der Diskette vom Gesundheitsamt abgespeichert? Ich finde sie einfach nicht!“

Noch ehe Rick antworten konnte, zeigte Mona triumphierend auf den Monitor. Rick hatte sich beim Katalogisieren vertippt, und seine Schwester war beim Durchblättern des Registers zufällig darauf gestoßen.

„Wenn wir diesen Modus voreinstellen, müßte der Datenverteiler eigentlich funktionieren“, erklärte Tom. Die Platte lädt sich dann nach dem Timer-Aufruf selbst durch den Verteiler.“

Weitere Einzelheiten waren nicht nötig. Die drei kannten den Plan. Vor allem kam es darauf an, daß die Zusammenarbeit jetzt reibungslos und schnell ging. Dann würden sie es schon hinkriegen.

„Hol doch mal unser Universalgenie!“

Sie schraubten die obere Gehäuseabdeckung von Mr. Chips ab. Eine zusätzliche EPROM-Platine wurde jetzt in den freigewordenen Steckkartenplatz für die Hausbewachungsroutine eingeschoben. Drei Fernsteuereinheiten und ein superkompakter Sendeverstärker wurden jetzt über breite Flachbandkabel mit den Mikroschaltkreisen des Hausroboters verbunden – eine haarige Fummelei, da das Innere von Mr. Chips mittlerweile schon mit etlichen Zusatzfunktionseinheiten vollgebaut war. Seine Fähigkeiten wuchsen sozusagen mit jedem neuen Lernschritt weiter, den die drei Freunde auf dem Gebiet der Mikrotechnologie machten.

Schwierig wurde es, als es nun um den Anschluß des Kernspaltungsdetektors ging.

Tom hatte sich schon seit einer Weile zum Handbuchwälzen in die Küche verzogen. Mona ging ihn holen. Er war gerade dabei, mit einem Strohhalm imaginäre Listings auf die Rückseite von bedrucktem Endlospapier zu kritzeln, während er am Bleistift saugte, der aus einer Saftflasche ragte. Immer noch am Bleistift zuzelnd, kam er mit Mona in die Werkstatt.

„Wohin damit?"

Bis jetzt hatte der KSD den Roboter verziert, wie Professor Coleman spaßeshalber vorgeschlagen hatte. Doch nun waren keine Stilfragen angesagt. Vielmehr mußte das Ding ja irgendwie mit der Steuerlogik verbunden werden.

Rick äußerte den ersten Vorschlag: „Vielleicht werden wir dem Ärmsten einen Arm amputieren müssen. Der Gelenkansatz wäre die ideale Stelle. Und die Lichtleiterkontakte sind bereits anschlußfertig vorhanden. In zwanzig Minuten ist alles paletti!"

Bis sie den KSD anmontiert, den Sender eingestellt und alles auf Funktionstüchtigkeit überprüft hatten, dauerte es eineinhalb Stunden, die jedoch wie im Fluge vergangen waren. Ihre Konstruktion stand einsatzbereit vor ihnen. Mona fand für den umgebauten Roboter auch gleich eine Bezeichnung: „Jetzt ist Mr. Chips eine geländegängige Strahlenfalle."

Mona und Rick bugsierten ihren Kundschafter vor die Tür. Selbsttätig setzte er sich in Bewegung und steuerte auf das Haus der Powells zu.

Tom hatte inzwischen seinen Eltern auf dem Mikro eine Nachricht hinterlassen. Sollten sie ihn abfragen, so würden sie erfahren, wohin er gehen und wann er wieder zurück sein wollte. Er zögerte jedoch bei dem Gedanken, auch Sergeant Dalby zu verständigen. Das wollte er erst tun, wenn sich mit Sicherheit herausgestellt hätte, daß es sich um ein Verbrechen handelte.

Im Kofferraum von Ricks Sportwagen zurrten sie Mr. Chips mit Expanderzügen fest und sicherten den offenstehenden Kofferraumdeckel.

„Falls irgend jemand was an meinem Fahrstil auszusetzen haben sollte, kann er mit Chips den Platz tauschen." Rick war offenbar wieder gut gelaunt und voller Tatendrang.

Damit auch ja nichts zu Schaden käme, fuhr Rick diesmal tatsächlich besonders vorsichtig. Die erste Station war das Gesundheitsamt. Mona wollte Dr. Skyne informieren.

„Hoffentlich wird sie nicht sauer, wenn ich noch einmal eine Schicht ausfallen lasse. Aber immerhin gibt es drei Leute, die einspringen könnten. Außerdem hat das, was ich statt dessen mache, mindestens ebensoviel mit der öffentlichen Gesundheit zu tun."

Als Rick gegenüber dem Gebäude hielt, riet er ihr, schnell zu machen.

Tom blickte Mona nach. Rick stieg aus und überprüfte die Expanderzüge, mit denen sie Mr. Chips gesichert hatten.

Sekunden später war Mona schon wieder da. Sie wirkte blaß. Es mußte etwas geschehen sein.

„Sie sind weg. Alles abgeschlossen!"

„Wer ist weg?"

„Dr. Skyne und Harry! Jemand hat gesagt, sie wären von zwei Männern abgeholt worden."

Zu dritt überlegten sie, was passiert sein könnte. Die Zeit schien davonzulaufen. Rick jagte auf den Cartesian Freeway.

Die Nachrichten aus dem Autoradio klangen auch nicht gerade beruhigend: „... und von den Kontrollposten auf dem Highway hören wir, daß drei Transportlastzüge gestohlen wurden. Berichte deuten darauf hin, daß es sich bei der Fracht um gefährliches Material handelt, obwohl die Polizei nicht genau ..."

„Die wollen bei den Leuten keine Panik entstehen lassen. Deshalb erwähnen sie nichts davon, daß es möglicherweise atomarer Abfall sein könnte", erklärte Tom.

„... Hinweise richten Sie bitte an die nächste Polizeidienststelle. Und hier noch einige Programmhinweise: In den

Abendnachrichten...“ Rick drehte den Lautstärkeregler zurück, drückte die Taste für Leitsystemdurchsagen und wollte gerade eine CD in den Abspielschlitz schieben, da ergriff Tom seine Hand.

Tom ließ das Bedienungsfeld ihres Funkpeiltransceivers herausklappen. Die 701 Megahertz waren immer noch eingestellt. Doch er bekam offenbar nicht das Gesuchte auf den Bildschirm. Nach mehreren Versuchen schlug er ärgerlich gegen das Armaturenbrettpolster.

„Was willst du einstellen?“ fragte Rick nach.

„Den Piepser, den ich mit Kaugummi unten an den LKW geklebt hab. Du weißt doch, der Lastwagen, aus dem wir Mona geholt haben.“

Tom drehte am Empfindlichkeitsregler, probierte verschiedene Einstellungen am Interferenzsperrfilter – der Zielkreis blieb auf 00/00; tote Zone.

„Und du sagst, die Krücke war beim Abgleichen?“

„Aber ja doch, letzte Woche“, erinnerte Rick, während er sich auf die Fahrbahn konzentrierte. „Es funktioniert perfekt.“

„Dein Wort in Gottes Gehörgang! Jedesmal, wenn ich einstellen will, geht der Kreis zurück in die Mitte.“

Mona und Tom merkten plötzlich, daß Rick auf den Videorückspiegel starrte – mit schreckgeweiteten Augen. Die beiden drehten sich um, und nun war klar, weshalb der Funkpeiler scheinbar nicht in Ordnung war.

Der Sattelschlepper raste mit voller Geschwindigkeit auf sie zu.

Technischer K.o.

Sie hörten das wilde Hupen der Fanfaren; das hektische Halogenblitzen der Lichthupe schien den Bildschirm des Videorückspiegels zu zerreißen, auf dem schon nur noch die breite und zähnefletschende Front des riesigen Kühlergrills zu sehen war.

„Zieh rüber", schrie Mona. Auf dem rechten Fahrstreifen ging nichts, dort überholten sie gerade eine Kolonne von Wohnmobilen, und links ausweichen war wegen der Blendschutzleitplanke unmöglich. Zum Entkommen blieb nur noch eins: Ziehen oder Durchstarten. Doch sie saßen nicht in einem Flugzeug, sondern in Ricks Elektro-Hardtop.

„Festhalten", schrie Rick.

Er schaltete auf die frisch geladenen Brennstoffzellen. Ein Ruck ging durch das sich aufbäumende Fahrzeug. Die Reifen schienen sich in den Asphalt zu krallen, und der Wagen schoß vorwärts, so daß es sie tief in die Lehnen drückte.

Als Rick auf der rechten Fahrspur schließlich eine Lücke entdeckte, scherte er blitzschnell ein und nahm das Gas zurück. Ein heftiger Windstoß erfaßte sie, als der Sattelschlepper vorbeiraste. Wieder die drei weißen Pyramiden auf den Schmutzfängern!

„Warum bohnert der hier so durch; ist der auf einem Kamikazetrip?"

„Vielleicht hat er eine heiße Ladung", vermutete Rick.

„Oder er wird verfolgt." Mona nahm die Hand von Toms Schulter, an der sie sich krampfhaft festgehalten hatte.

„Oder drittens: Er könnte gestohlen worden sein." Tom setzte noch hinzu: „Warum hängst du dich nicht dran?"

„Ha'm wir doch nicht nötig!" Rick wies auf den Funkpeiler. „Jedenfalls, solange deine Kaugummis halten." Er lehnte sich aufatmend zurück und fuhr sich mit der Linken durch die zerzausten Haare. „Na, zufrieden?"

„Womit?"

„Mit dem Peiler. Du hast ja behauptet, er hätte 'ne Macke."

„Ricky, ich nehm alles zurück." Tom kurbelte das Fenster auf seiner Seite herunter und lehnte sich hinaus. Der Fahrtwind tat ihm wohl.

Nun rollten sie gemächlich über den Highway, in einer

schier endlosen Kette, vorbei an Maisfeldern und riesigen Weiden.

Sie erreichten die Ausfahrt, die auf die Landstraße führte. Von weitem konnten sie bereits die Allee zum Schrottplatz erkennen. Höchste Zeit, das weitere Vorgehen zu besprechen!

„Zuallererst mal das hier", meinte Mona und schüttelte drei Kaliumjodidkapseln aus dem Fläschchen. Falls die Strahlung plötzlich ansteigen sollte, wären sie nicht ganz schutzlos. Gegen andere Übergriffe boten die Kapseln allerdings keinen Schutz. Die drei spürten nun doch einige Beklemmung in sich hochsteigen. Noch hätten sie umkehren können!

Am Ende der Landstraße hielten sie an. Nichts rührte sich. Mona hatte inzwischen wieder den Fernrichtaufsatz an den Meßfühler ihres Geigerzählers gesteckt und hielt die Sonde aus dem Fenster in Richtung Autofriedhof. Dann schwenkte sie ihn langsam nach links und rechts.

In ihrem Tonfall lag ungläubiges Staunen. „Völlig sauber! Wie haben die das bloß angestellt?"

„Werden wir schon noch herauskriegen", versicherte Tom.

Rick suchte das Gelände mit dem Optoskop ab. Um einen der größeren Industrieroboter zu entdecken, hatte er auf stärkste Vergrößerungsleistung geschaltet. So untersuchte er Quadratmeter für Quadratmeter. Tom und Mona waren ausgestiegen und hatten inzwischen Mr. Chips ausgeladen. Das Geräusch des zugeschlagenen Kofferraumdeckels ließ Rick das Optoskop absetzen.

„Fahr mal sein Auge aus", bat Tom.

Rick schraubte einen Linsenschutzdeckel ab und zog die Teleskopführung für die Videooptik heraus, die Mona mittlerweile aus dem Futteral geholt hatte. Während Rick das Objektiv im Bajonettverschluß verriegelte, stellte Tom am Armaturenbrett den Bildschirm des elektronischen Rückspiegels um.

Nun erschienen auf der Mattscheibe die von Mr. Chips

übermittelten Bilder. Dank der Fernsteuerung konnten sie jetzt den Roboter auf Erkundungstour schicken und alles von einer geschützten Position aus beobachten. Mr. Chips und sein elektronisches Innenleben waren gegen Radioaktivität weitgehend unempfindlich.

„Paß schön auf dich auf", mahnte Mona, als sie nachschaute, ob der Kernspaltungsdetektor noch fest im Flansch saß. „Tom, hast du den Inbusschlüssel dabei?"

Sie nahm ihn entgegen und zog die Befestigungsschrauben noch einmal behutsam nach. Es konnte losgehen!

Der Roboter lief auf seinen Geländeketten mit Höchstgeschwindigkeit die Landstraße hinunter. Gerade kam er an der wohlvertrauten Stelle vorbei, an der das Stahlkabel und die Kurbel lagen. Sie konnten es im Bild sehen. Tom lachte: Das Stahlkabel, mit dem sie den Wagen von Professor Coleman aus dem Graben gezogen hatten.

„Es ist immer noch da."

„Klar doch, fürs nächste Mal."

Wie ein Wesen von einem anderen Stern bewegte sich der blecherne Wanderer Meter für Meter vorwärts.

Sein ferngesteuertes Videoauge nahm die Bäume, den Zaun und die verrosteten Autowracks auf.

„Was ist das?" Rick deutete auf den Monitor.

Der Bildschirm zeigte zwei Gestalten, die sich auf ungewöhnliche Weise bewegten. Sie zoomten drauf und erkannten sie.

„Industrieroboter!" rief Mona.

Diese großen Handhabungsautomaten trugen bauchige Stahlfässer zu einem Eingang aus Beton. Hinter den aufgeklappten Türflügeln aus Stahl ging es offenbar in ein unterirdisches Gewölbe. Nach einigen Minuten tauchten die beiden Roboter wieder am Schachtausgang auf und holten die nächste Ladung.

Mr. Chips blieb unbeweglich stehen. Seine Videooptik übertrug das Geschehen weiter, während die Roboter sich auf den Ladeschuppen zubewegten. Dort waren drei weitere ferngesteuerte Metallkollegen zugange. Sie ordneten Behälter und hoben sie hoch. Zwei hantierten an Fässern mit dem Aufkleber „Radioaktiver Abfall", die kurz darauf gleichfalls in den Betonschacht verfrachtet wurden.

„Was zeigt er an?"

Mona blickte auf den Geigerzähler. „Nichts."

„Ob wir mal näher rangehen sollten? Ein bißchen außen herumschleichen?"

Rick deutete auf den Bildschirm. „Du hast doch eben diese Fässer gesehen. Außerdem weißt du, was da drin ist, ja? Und das ist auch der Grund, weshalb nur Roboter dort beschäftigt sind."

Um seinen Einwand noch zu bekräftigen, bediente er die Fernsteuerung. Gleichzeitig stellte Tom ihren Autotransceiver auf Empfang und drückte die Rauschsperre. Über den Autolautsprecher hörten sie die Geräusche, die das Mikrofon von Mr. Chips einfing.

Rick fand, es klinge nach irgendwelchen Motoren oder Maschinen.

Es waren die Bewegungsgeräusche der Roboter. Doch dann mischte sich noch etwas anderes dazu.

„Das sind ja Stimmen!" Mona flüsterte vor Schreck.

„Stell mal fest, woher die kommen." Tom bemühte sich, ruhig zu bleiben.

Rick tippte auf den Knopf für Linksdrehung. Mr. Chips schwenkte langsam um die eigene Achse, bis sein Audio-Ortungsgerät die Geräuschquelle angepeilt hatte. Auf dem Bildschirm in Ricks Wagen tauchte der Büroschuppen des Schrottplatzes auf.

Rick lenkte Mr. Chips zum Büro, ließ ihn jedoch einen möglichst weiten Bogen um die Eingangstür fahren. Er steuerte Chips noch um die Ecke. Das Mikrofon an einer Teleskopangel fuhr er so weit aus, bis es die metallene Seitenwand des Schuppens berührte. Durch den von der

Wand aufgenommenen Körperschall erhielten die drei im Auto zwar eine leicht verzerrte, aber immerhin noch einwandfrei verständliche und klare Aufzeichnung der Gespräche im Innern des Schuppens.

„Wie lange bleibst du noch?"

„Wenn der Anruf nicht bald kommt, gehe ich."

„Ich auch."

Das waren unverkennbar die Stimmen des Technikergespanns vom Atomkraftwerk.

„Was will Ray eigentlich von Coleman?"

„Eine Sicherheit", antwortete der andere. „Er wird den Professor freilassen, sobald der versprochen hat, den Mund zu halten."

„Ob der Alte sich darauf einläßt? – Ich weiß nicht..."

„Wenn nicht, kriegt er ein Ticket in die ewigen Jagdgründe."

Ohne es zu merken, hatten die Freunde im Auto, während sie dem Dialog lauschten, die Luft angehalten.

„Er braucht Hilfe", hauchte Mona.

„Deshalb auch die merkwürdige Nachricht über Fernschreiber." Tom vermutete, daß Coleman bewacht worden war, als er die Telepost aufgegeben hatte. „Seine einzige Chance, uns zu warnen, war, unsere Namen zu vertauschen."

Im Lautsprecher knackte es wieder. Jetzt hörten sie das Technikerduo im Büro umhergehen.

„Alles klar draußen?"

„Hundertprozentig – klappt wie geschmiert, die Automaten funktionieren genau nach Plan."

Ein Industrieroboter mit einem der dickbauchigen Fässer geriet nun in das Blickfeld von Mr. Chips. Tom griff nach Ricks Schulter.

„Schick ihn hinterher."

Rick ließ das Richtmikrofon wieder einziehen und legte bei Mr. Chips den Vorwärtsgang ein. Bald hatte dieser den größer gebauten Vertreter seiner Gattung eingeholt und lief neben ihm her.

„Wie weit soll ich ihn denn mitgehen lassen?“

„Laß es mal so, wir werden sehen.“ Tom konzentrierte sich auf das Bild. Er hatte die Knie angezogen und hielt sie mit den Armen umschlossen.

Auf dem Farbmonitor ihres Videorückspiegels konnten die drei den Weg von Mr. Chips in bester Bildqualität mitverfolgen. Es sah so aus, als seien die beiden Roboter zum Betonschacht unterwegs.

„Soll ich ihn mit reinschicken?“

„Klar.“ Mehr brachte Tom vor Anspannung nicht raus. Die Übertragung war so gut, daß die Kids glauben konnten, sie stiegen selbst in das Verlies.

„Hoffentlich kommt er auch noch so gut an, wenn er weiter unter der Erde ist.“ Monas Sorge war berechtigt. Das Bild wurde deutlich flockiger. Sie rückten näher an den Monitor.

„Mal sehen, ob's der Nachbrenner bringt“, meinte Rick. Er legte auf dem Fernsteuerpult den Schalter für den Sendeverstärker um. Ein gemeinsamer Seufzer der Erleichterung entfuhr den dreien. Das Bild war wieder schärfer geworden.

Sobald die Roboter den dunklen Schacht betreten hatten, reagierte die automatische Belichtungssteuerung von Mr. Chips und verschob die Empfindlichkeit der Aufnahmeelektronik in den Infrarotbereich. Deshalb konnten die drei den nach unten führenden Tunnel immer noch halbwegs deutlich erkennen.

„Das könnte mal ein Bergwerksstollen gewesen sein“, meinte Mona.

„Möglich. Seht ihr die Schienen an den Seiten?“

Rick mußte jetzt Mr. Chips ein Ausweichmanöver durchführen lassen. Ein anderer Roboter kam ihm entgegen. Sicher ging er die nächste Ladung holen.

„Weiter scheint's nicht runter zu gehen.“ Rick zeigte auf das untere Bildschirmdrittel, wo ein ganzer Haufen zylinderförmiger Behälter gestapelt war. Der Roboter, den Mr. Chips begleitet hatte, stellte seinen Behälter auf den Boden, machte eine halbe Drehung, bewegte sich auf den Ausgang zu.

„Ich würd mir das da gern genauer ansehen."

Die Übertragungsoptik war jetzt auf Weitwinkelstellung geschaltet und zeigte das ganze Innere des Schachtes.

Plötzlich öffnete sich in der rückwärtigen Felswand der Spalt einer dicken Schiebetür und eine menschliche Gestalt in silbergrauem Schutzanzug war zu sehen – anscheinend hinter Panzerglas.

„Würdest du da unten arbeiten wollen?"

Rick schüttelte sich. „Um nichts in der Welt! Warum macht einer so was?"

„Knete, mein Lieber, die Knete – was sonst?"

„Pscht!" Tom ergriff Monas Arm.

Erstaunt verfolgten die Freunde nun den Weg eines ferngesteuerten Gabelstaplers zu einer Palette, auf der die ihnen mittlerweile vertrauten zylindrischen Behälter gestapelt waren. Vorsichtig nahm er die Palette auf und trug sie durch die Öffnung in der Wand. Hinter ihm schloß sich der Spalt wieder.

„Den KSD!" verlangte Tom.

Mr. Chips stand nun vor der Felswand. Rick aktivierte den Schwenkmechanismus. Der kleine Roboter hielt den Kernspaltungsdetektor gegen die Tür. Langsam begann das Gerät zu reagieren und sandte Impulse durch den angeschlossenen Lichtleiter. Rick hatte die Bildelektronik auf den Optokoppler geschaltet. Auf dem Bildschirm erschienen Kurven, die an ein EEG erinnerten.

„Der Reaktion nach muß es hinter der Tür radioaktive Strahlung geben, und zwar ganz massiv; eine, die auf Kernspaltungsprodukte hinweist. Eindeutig." Tom kratzte sich am Kinn. „Die können doch da unten in ihrem Bastelkeller unmöglich eine komplette Wiederaufbereitungsanlage haben", überlegte er.

„Das kann keiner wissen. Kommt drauf an, wer wirklich

dahintersteckt.“ Rick erinnerte sich an ihre Erlebnisse mit dem Geheimprogramm „Bienenstich“.

Die Freunde erkannten die Gefahr jenseits dieser Tür. Deshalb meinte Tom: „Hol Chips da raus!“

Rick übergab die Steuerung an Mona, die den kleinen Hausroboter wieder aus dem Schacht lenkte. Unterdessen war Rick mit Tom ausgestiegen. Sie gingen ein Stück die Landstraße entlang.

„Was hast du vor? Rick, zu dem Schuppen gehen wir nicht!“

„Natürlich nicht. Aber wir müssen uns schützen!“

Er führte Tom an die Stelle, wo sie den Wagen des Professors aus dem Graben gezogen hatten. Rick holte das Stahlkabel. Tom sollte ihm dabei helfen, das Drahtseil über die Straße zu spannen. Sie befestigten es in Kniehöhe an zwei gegenüberstehenden Bäumen. Von dem Fahrersitz eines Lastwagens aus mußte es fast unsichtbar sein.

Zurück beim Wagen, fragten sie Mona, was mit Chips sei.

„Fast schon draußen.“

Vor Mr. Chips wurde es immer heller. Er näherte sich dem Ausgang. Mona schaltete den Nachbrenner ab. Als der Roboter gerade dabei war, den Schacht zu verlassen, kamen zwei Männer ins Bild. Das Technikergespann wartete vor dem Eingang.

Über den Lautsprecher drangen ihre Stimmen in den Wagen.

„Greif dir diesen Gartenzwerg! Laß ihn nicht weiter!“

„Ich weiß was Besseres.“

Der Kahlköpfige von den beiden versetzte dem Roboter einen kräftigen Tritt.

„Klonk!“

Ein Fuß war das letzte Bild, das die Freunde auf den Schirm bekamen. Dann nur noch Grieß. Ende der Live-Übertragung.

„Los, schnell weg hier!“

Rick warf die Fernsteuerung auf den Rücksitz und riß den

Sportwagen herum, während Tom noch die Tür zuschlug. Steine und Schmutz spritzten seitlich weg. Mit Höchstgeschwindigkeit raste Rick die Allee entlang. Die Bäume an beiden Seiten flogen schemenhaft vorbei. Tom hatte den Arm um Monas Schulter gelegt und hielt sie fest, um so das Schlaglochgerüttle abzufangen.

„Ohhh, neinnnn!!!“ riefen alle drei gleichzeitig.

Ein LKW kam ihnen entgegen, und zum Ausweichen war kein Platz.

„Also dann“, seufzte Rick.

Er riß das Steuer herum, bremste, bis der Wagen mit dem Heck ausbrach und herumschleuderte. Nach dieser Kehrtwendung gab er wieder Gas. Wenigstens fuhren sie nicht mehr auf den Lastwagen zu.

„Rick, nicht. Du kannst da nicht weiter!“

Toms Ausruf hatte ihn daran erinnert, daß ja das Stahlkabel über die Straße gespannt war. Eigentlich zu ihrer Sicherheit – jetzt aber war es ihre Falle.

Widerwillig trat Rick auf die Bremse. Tom gab noch nicht auf. Fieberhaft versuchte er noch, auf dem Autotransceiver die Sendefrequenz der Polizei für einen Notruf einzustellen.

Da rief draußen schon jemand: „Raus mit euch!“

Bevor er noch eine Meldung durchgeben konnte, wurde er aus dem Wagen gezerrt. Der LKW hielt dicht hinter ihnen. Ein Koloß von Fahrer hielt Tom und Mona in Schach, während Douglas Mills Rick mit der Faust traktierte. Rick schrie auf.

„Euch werd ich mir vorknöpfen. Und nicht nur wegen Hausfriedensbruch, das garantier ich euch, ihr Klugscheißer!“

Die drei zitterten, sie fühlten sich hilflos. Da sahen sie einen Pickup auf der Allee herannahen. Der Fahrer hatte schon ein solches Tempo drauf, daß die Hinterachse deutlich über die Schlaglöcher trampelte.

„Haltet ihn auf!“

Der Fahrer hatte Toms Ausruf als Drohung mißverstanden und versetzte dem Jungen einen Hieb in den Magen. Tom krümmte sich vor Schmerz.

Was dann folgte, wirkte fast wie eine Szene in Zeitlupe. Der Pickup kam röhrend näher. Das Stahlkabel glitt unter die Stoßstange und verfing sich im Fahrgestell, wobei sich die Pappeln unter der Belastung erst zur Straßenmitte bogen, um daraufhin mit unglaublicher Kraft zurückzuschnellen. Das Chassis des Pickup war zunächst ruckartig stehengeblieben und wurde dann einige Meter zurückgeschleudert, während der Aufbau mitsamt Führerhaus, vom Fahrgestell losgerissen, durch die Luft flog – auf sie zu – und nach etwa fünfzehn Metern dicht vor ihnen krachend auf der Fahrbahn zerschellte.

Die Sondersendung

Die Kabel schnitten schmerzhaft in die Handgelenke. Tom, Rick und Mona lehnten an der Wand von Mr. Ginslers Büro. Die Hände hatte man ihnen nach vorne gebunden. Die drei fühlten sich hilflos ausgeliefert und hatten Angst. Die Niederlage war perfekt.

Der Projektleiter telefonierte und blickte währenddessen zu ihnen hinüber. Douglas Mills hielt eine Maschinenpistole im Anschlag.

„Wann werden sie eingeliefert?" fragte Ginsler ins Telefon. „Hat es sie so übel erwischt? Frag den Werksarzt, wann der Sanitätsraum frei wird – jetzt danach?" Er blickte Rick direkt an. „Richtig, vielleicht gibt es noch mehr ‚Unfall'-Opfer."

Tom, Rick und Mona befürchteten das Schlimmste. Ginsler sprach mit einer Krankenschwester. Er hatte gehört, daß seine beiden Techniker gerade in die chirurgische Notaufnahme gebracht werden müßten.

9 9111-10

„Ihr wißt, was das bedeutet!"

Niemand wagte zu antworten.

Mills brachte kichernd hervor: „Schmeißen wir sie doch einfach vom Turm!"

„Keine schlechte Idee. Tragisches Mißgeschick bei einer Werksbesichtigung, genau!" Sie grinsten sich an.

„Okay, Doug; alles bereit für den Alarm?"

Er ging hinüber zu einem Eckschrank.

„Nicht doch", protestierte Mills und deutete auf die Kids. „Wenn die das hier mitkriegen..."

„Das wird den Herrschaften nichts nützen. Alsdann!"

Ginsler rollte den Schrank zur Seite, hinter dem eine geheime Schalttafel zum Vorschein kam. Er steckte einen Sicherheitsschlüssel hinein, drehte ihn halb herum und drückte anschließend zwei Knöpfe.

Zwei ohrenbetäubende Donnerschläge ertönten.

Die Freunde staunten. So also wurde das wolkenlose Gewitter erzeugt. Und noch mal. Wieder waren keine Wolken zu sehen. Der Donner hörte sich jedoch so echt an, als wäre wirklich ein Gewitter im Anzug.

Weiteres Donnergrollen tönte über dem Kraftwerksgelände und löste Alarm aus.

Ginsler bemerkte den Schrecken auf den Gesichtern der Freunde.

„Tja, alles von hier aus gesteuert. Superwoofer an Superendstufen. Eine ganze Batterie. Originalschalldruck von natürlichem Donner. Für jede Band ein Leckerbissen. Und für die Herren Militärs eine ideale Schockwaffe. Infraschall. Eine volle Ladung, und in zehn Sekunden sind die Gedärme frisches Hackfleisch. Die Jungs da draußen rennen jetzt wie die Hasen. Wie ihr seht, sind wir keine Fachidioten. Aus unseren Retorten kommen noch ganz andere Spielzeuge. Die meisten Wissenschaftler, wie zum Beispiel euer geschätzter Professor Coleman, halten die Stillegung eines Atomkraftwerkes für eine Art Endstation. Dem ist aber durchaus nicht so. Die Bezeichnung ‚Abfallprodukte' ist schlicht irreführend. Der Abfall ist die eigentliche Fundgrube. Und für die Bömbchen, die sich daraus basteln lassen, gibt es genug zahlungskräftige Interessenten!"

Wieder ein Donnerschlag, passend zum Thema. Die Fensterscheiben erzitterten.

„Dieses Atomkraftwerk ist jetzt, da es abgebaut wird, noch viel wertvoller, als zu der Zeit, als es in Betrieb war. Für mich! Und jetzt bestimme ich, wo's langgeht!"

Die Anspannung war zuviel für Mona. Sie begann zu weinen. Tom und Rick waren zu verblüfft, um sie zu trösten.

Immer noch heulten die Sirenen. Die Mannschaften eilten über das Gelände und stürzten sich in die Werksbusse und Autos.

„Wie ihr seht, eine ganz schön wirksame Methode für Massenhysterien", lächelte Ginsler. Dann winkte er Mills zu. „Nimm sie mit."

Gefesselt und mit weichen Knien mußte sich das Trio aus dem Büro zerren lassen. Die Gänge waren leer. Mills schubste sie in einen Lastenaufzug und drückte mit der Mündung seiner Waffe den Knopf.

Tom brachte es fertig, sich zu erkundigen, wohin sie gebracht würden.

Mills grinste. „Besonderen Gästen bereiten wir gern eine Überraschung."

Im Kellergeschoß zeigte Mills mit seiner Pistole auf eine Ecktür. Er tippte einige Zahlen in das Tastenfeld eines Digitalschlosses. Eine Trennwand glitt zur Seite. Die drei betraten einen fensterlosen Raum.

Hier saßen Professor Coleman, Dr. Skyne und Harry. Sie sprangen auf, als sie die Neuankömmlinge erkannten. Mills ging hinaus und schob die Tür zu, die mit einem dumpfen Schlag ins Schloß fiel.

Stille umgab sie. Aus einem Lüftungsschacht an der Decke kam ganz leise ein brummendes Ventilatorgeräusch.

„Ich nehm sie euch ab.“ Vorsichtig befreite Dr. Skyne die drei von den Fesseln. Während sie sich die taub gewordenen Handgelenke rieben, hörten sie von ihr, was geschehen war.

„Ihr müßt nicht leise sprechen. Es soll ruhig jeder hören“, rief Coleman. Er deutete in die hintere Ecke des großen Raumes, wo unter der Decke ein Richtmikrofon hing. Der Parabolreflektor folgte jeder ihrer Bewegungen.

Dr. Skyne berichtete, daß sie und Harry von den beiden Technikern festgenommen worden waren, die auch die radioaktiven Bodenproben abgeholt hatten. Sie hätte gern gewußt, weshalb eigentlich, denn das Material hatten sie ja bereits, ebenso wie die Diskette mit der Computeranalyse.

Sie machte sich Sorgen, denn sie vermutete, daß die Männer sie an irgendeiner Sache arbeiten lassen wollten.

Harry, der sonst immerzu redete, saß wie gelähmt in einer Ecke und starrte ganz still auf den Boden.

Professor Coleman versuchte, sich und die anderen mit Galgenhumor seelisch über Wasser zu halten. Den Freunden fiel auf, daß sich sein Gesicht aufhellte, sobald er mit Dr. Skyne sprach. Obwohl Coleman ungefähr zehn Jahre älter sein dürfte, sendeten die beiden unverheirateten Wissenschaftler unübersehbar auf gleicher Wellenlänge, und zwar nicht nur beruflich ...

„Wie sieht's denn draußen aus?“ erkundigte sich Coleman. „Wir sitzen hier schon den ganzen Tag rum und erzählen uns Ostfriesenwitze.“ Er bleckte die Zähne zu einem sarkastischen Grinsen.

Rick rieb sich seinen schmerzenden Magen. „Ach, gar nicht so übel. Mit Ausnahme von dem Donnergetöse. Klirrfaktor mindestens fünfunddreißig Prozent, so was kann einen schon auf'n Keks gehen.“

Extra laut in Richtung Mikrofon meinte Coleman: „So so, hattet ihr also die besondere Ehre, den Herrn Aushilfsluzifer mit seiner famosen Gewittermaschine spielen zu sehen?“

„Ja, scheint so seine spezielle Art zu sein, mit der er dafür sorgt, daß die Luft endlich rein ist. Reinigendes Gewitter auf Knopfdruck sozusagen."

„Und keine schlechte Methode, um die psychologische Wirkung von Infraschall zu testen", setzte Dr. Skyne hinzu. Sie wandte sich an die Freunde. „Während der letzten Stunden haben Professor Coleman und ich unsere Beobachtungen verglichen und sind zu dem Ergebnis gekommen, daß Mr. Ginsler einige bis jetzt ungewöhnliche Anwendungsmöglichkeiten für atomaren Abfall entwickelt haben muß. Zudem hat er es fertiggebracht, ein radioaktiv verseuchtes Gebiet gründlich zu reinigen, und zwar in sehr kurzer Zeit."

„Genau darauf sind wir gestoßen, als wir am Schrottplatz waren", erklärte Tom. „Am Vormittag war die Strahlung dort noch tödlich hoch, aber paar Stunden später rührte sich der Geigerzähler nicht mehr."

„Außerdem haben die ein unterirdisches Labor", schaltete sich Rick ein, „in einem Bergwerksschacht aus Beton."

Coleman wollte wissen, wo das sei.

Rick beschrieb den Weg vom Atomkraftwerk zum Schrottplatz.

„Genau die richtige Umgebung, um ungestört zu arbeiten. Ein verlassenes Fleckchen Erde und ein Schrottplatz als Alibi – die Behörden schöpfen keinerlei Verdacht. Dorthin, in dieses Labor wird also der ganze nukleare Abfall geschafft und dann für den Weitertransport umgeschmolzen."

Doch keine Wiederaufbereitung. Das also steckte hinter den unerklärlichen Vorgängen. Aber was nützte ein gelüftetes Geheimnis, das sie niemandem anvertrauen konnten? Was würden Ray Ginsler und Mills als nächstes unternehmen? Und was würde geschehen, wenn eine Gruppe von Terroristen oder eine feindliche Macht hinter dem Verfahren her wären? Verfügte Ginsler am Ende schon über ein ganzes Waffenarsenal?

Für Tom schien der Zeitpunkt gekommen, den Rettungsanker auszuwerfen. Er atmete tief durch. Den nagenden

Gedanken, daß irgend etwas nicht programmgemäß funktionieren könnte, verdrängte er, ehe dieser ihn noch hätte lähmen können. Dann gab er sich einen Ruck. Mit zusammengepreßten Lippen näherte er sich dem Richtmikrofon.

So laut er konnte, rief er hinein: „Mr. Ginsler! Ey, Ray! Ich weiß, daß Sie zuhören. Aber hören Sie jetzt mal genau her! Schon mal was von Telelink, dem öffentlichen DFÜ-Service, gehört? In jeder Polizeistation des Landes steht ein Modem dafür. Und so einen Telelinkanschluß haben Sie auch in Ihrem Büro stehen – ich weiß das! Schalten Sie ihn sofort ein! Hören Sie?"

Die anderen Mitgefangenen beobachteten den Jungen, wie er tapfer ins Mikrofon schrie. Nur Mona und Rick wußten, daß die Zeitschaltuhr für den Datenverteiler in Toms Werkstatt so eingestellt war, daß er sich in wenigen Minuten in das öffentliche Datenfernübertragungsnetz des ganzen Landes einschalten würde.

„Mr. Ginsler, es läuft automatisch: Alles ist voreingestellt und gespeichert. Am Ende der Übertragung tauchen Ihr Name und der von Mills auf, außerdem die genauen Ortsangaben. Man wird sich leicht zusammenreimen können, was Sie vorhaben. Wenn Sie also daran interessiert sein sollten, daß die Sendung vorher gestoppt wird, dann lassen Sie mich hier raus. Nur mich. Ganz allein!" Seine Stimme hallte noch nach. Er hoffte, daß seine Botschaft durchgedrungen war. „Stellen Sie auf ‚Ray Datalink, Protokoll 87-G7'. Die Bilder werden Sie sicher wiedererkennen."

Professor Coleman schaute Tom erstaunt an. Dr. Skyne umarmte ihn kurz und flüsterte ihm zu: „Hoffentlich weißt du, was du da tust."

Tom wußte es. Und darin könnte ihre einzige Chance bestehen, überhaupt noch rauszukommen. Er dachte an einen seiner Lieblingssprüche: „Du hast zwar keine Chance – aber nütze sie!"

Fünf Minuten später glitt die Trennwand rumpelnd zur

Seite. Durch die Öffnung trat Douglas Mills und stellte sich vor den Gefangenen auf, die Maschinenpistole im Anschlag. Mit dem Lauf gab er Tom ein Zeichen, er solle hinausgehen.

Tom versuchte auf dem Digitalschloß hinter sich die Zahlenkombination zu erkennen. Doch er stand zu weit weg. Mit dem Aufzug verließen sie die Kellerfestung. Keiner sprach.

Ray Ginsler stand am Fenster seines Büros und schaute auf das verlassene Gelände. Drohend ragten die beiden Kühltürme vor ihm auf. Während des Alarms hatte die gesamte Belegschaft ihre Arbeitsplätze verlassen. Alles lief nach Plan. Und den würde auch kein Teenager umstoßen können.

Mills sollte im Vorzimmer warten.

„Bitte sehr, deine Sondersendung", sagte Ginsler tonlos. „Jetzt bist du dran."

Er zeigte auf den Monitor seines Terminals. Auf diesem Bildschirm wie auf zahllosen anderen im ganzen Land war die Analysediskette der Gesundheitsbehörde zu sehen. Lange nicht so gut wie auf unserem Sechsunddreißiger, ging es ihm durch den Kopf. Er staunte über sich selbst. Als wenn es jetzt darum ginge! Aber ihr Plan klappte, und er versuchte, sich nichts von seiner Genugtuung anmerken zu lassen. Der Datenverteiler arbeitete genau nach Programm. Daraus mußte er jetzt Kapital schlagen.

„Wie ich bereits gesagt habe, Mr. Ginsler: Sie sehen, es war kein Windei. Die Übertragung geht über das ganze Netz. Und am Ende werden Ihre Namen und Ihre tatsächlichen Aktivitäten durchgegeben."

Ginsler zerknüllte einen Plastikbecher. Das Knacken durchschnitt die Luft. „Also, was willst du?"

„Daß Sie meine Freunde freilassen."

„Kommt nicht in Frage. Professor Coleman und die Frau Doktor können mir noch sehr nützlich sein, als Wissenschaftler und als Geiseln."

„Ich meinte Rick und Mona."

Nach einem rauhen Auflachen fragte Ginsler, ob das alles sei. Die Jugendlichen konnten ihn nicht gefährden, solange sie das Gelände noch nicht verlassen hatten. Er drückte einen Knopf auf der Wechselsprechanlage. Gleich darauf trat Mills ein.

„Hol den anderen Jungen und das Mädchen!"

Als sein Komplize das Büro verlassen hatte, deutete Ginsler auf den Bildschirm. Tom rührte sich nicht. Erst in Gegenwart seiner Freunde wollte er die Übertragung an ihrer Quelle unterbrechen.

Ginsler setzte ihn unter Druck. „Wie du das geschafft hast, diesen Trickfilm in die Leitungen zu drücken, weiß ich nicht. Aber wenn du ihn bis zum Ende durchlaufen läßt und mein Name und mein Vorhaben erwähnt werden, dann bist du tot – und deine Freunde ebenso!"

Die Tür flog auf, Mona und Rick wurden hereingestoßen. Mills kam hinterher, immer noch mit der Maschinenpistole im Anschlag.

„Los jetzt", befahl Ginsler. „Unterbrich die Verbindung!"

Tom rührte sich nicht. Er schaute hinüber zu Rick und Mona. Sie hatten verstanden. Gleich würde es hier Action geben. Auf dem Weg zum Bürocomputer kam Tom an Mills vorbei.

Ginsler schrie Tom an.

„Los, verdammt noch mal! Beeil dich!"

Tom setzte sich langsam auf den Drehstuhl vor dem Terminal. Als er das Paßwort in die Tastatur eingab, spürte er den Pistolenlauf im Rücken. Kalter Schweiß befeuchtete seine Handflächen. Sie hatten nichts mehr zu verlieren. Jetzt oder nie! „Los!", schrie er und schnellte blitzschnell herum. Rick hatte Mills die Maschinenpistole aus der Hand geschlagen.

Im gleichen Augenblick, noch bevor die Waffe am Boden aufschlug, hechtete Tom auf Mills, dessen Kopf gegen die Ecke eines Stahlschrankes donnerte. Bewußtlos sackte Mills zusammen. Mona hatte bemerkt, daß Ginsler fliehen wollte und ihm mit dem Fuß einen Stuhl vor die Beine geschleudert, über den er stolperte. Bevor er wieder reaktionsfähig war, hatten Tom und Rick Mona, die noch vor dem Schaltschrank stand, gepackt und die Tür hinter sich zugeschlagen. Über Ginslers Geheimgang rannten sie ins Freie.

Ginsler untersuchte seinen verletzten Partner. Er blutete am Hinterkopf und bewegte sich nicht. Ginsler hob die Maschinenpistole vom Boden, entsicherte sie und machte sich auf die Suche nach den Jugendlichen.

Nichts regte sich auf dem verlassenen Reaktorgelände. Nur die Schüsse, die Ginsler in die Luft abfeuerte, peitschten durch die unheimliche Stille. Von einem der teilweise schon abgetragenen Kühltürme fiel ein Ziegelstein. Jetzt wußte Ginsler, wo sich die drei versteckt hielten. Er suchte nach einer geeigneten Stelle zum Schießen.

„Los, runter! Oder ich geh in den Keller und räum auf!"

Fast hätte ihn jetzt ein Eisenstück getroffen, das die Kids herabgeschleudert hatten. Er blinzelte nach oben. Nun wußte er genau, wo sie sich aufhielten: hinter dem obersten Mauerring. Und dort hatte er sie in der Falle!

Ginsler kletterte auf die Arbeitsplattform, über die sonst immer der Arbeitstrupp auf den Turm gelangt war. Er schaltete die Elektrowinde an, und mit einem Ruck setzte sich der Aufzug in Bewegung. Tom und Rick warfen einen Stein nach dem anderen, während die Rampe an der Außenmauer nach oben glitt. Sie prallten jedoch auf dem Metalldach der Rampe ab.

Das Innere des Turms sah von oben aus wie die Ruinen eines römischen Amphitheaters. Innerhalb der riesigen ringförmigen Außenmauern der Hohlkonstruktion lagen herabgestürzte Betonblöcke und verbogene Stahlträger auf der abbröckelnden oberen Galerie. Und dahinter gähnten sechzig Meter Tiefe.

„Das wär's dann wohl! Ihr geht mir nicht mehr durch die Lappen!" Ginslers Stimme hallte zwischen den Ruinen.

„Wenn ihr rauskommt, verschone ich auch die anderen!"

Plötzlich krachte ein fürchterlicher Donnerschlag. Das oberste Turmende erzitterte. Lose Steine fielen über die Brüstung.

Tom, Rick und Mona kauerten in einem Hohlraum der Außenmauer. Die ganze Konstruktion erzitterte wie nach einem Erdbeben. Im Augenblick sahen sie keinen Fluchtweg mehr. Sie wagten nicht mehr zu atmen.

Da drang allmählich ein Geräusch in ihr Bewußtsein. Es waren Sirenen, die näher kamen.

Ginsler stand auf dem Mauerrand. In hilfloser Wut starrte er auf die Blaulichter der anrollenden Polizeifahrzeuge und Schützenpanzerwagen. Mit heulenden Sirenen brachen sie durch die Geländeabsperrung.

Jetzt jagte Ginsler mehrere Salven auf die Polizisten. Ehe sie noch dazu kamen, das Feuer zu erwidern, krachte ein neuer Donnerschlag und Ginsler verlor das Gleichgewicht. Er stolperte über abgebröckelte Steine und stürzte nach unten. Aus der Tiefe gellte sein Todesschrei. Dann hörte man seinen Körper irgendwo im Turminnern aufklatschen.

Fisch und (Mr.) Chips

Im offiziellen Polizeibericht konnte man lesen, es sei ein tödlicher Unfall gewesen. Douglas Mills hatte außer der Platzwunde am Hinterkopf eine schwere Gehirnerschütterung abbekommen, war aber bereits außer Gefahr. Zusammen mit dem Technikerduo, dessen Pickup auf der Landstraße entzweigerissen worden war, hatte man Mills wegen einer Reihe krimineller und zivilrechtlicher Delikte bereits seit langem gesucht. Mills und die Techniker lagen auf der gleichen Station im Untersuchungsgefängnis und wurden rund um die Uhr bewacht.

Für Mona, Rick und Tom war wieder der Alltag eingekehrt. Auf Veranlassung des Innenministeriums hatten Medien keine Gelegenheit erhalten, vom neuesten Abenteuer des Trios TRM zu berichten. Die Presse hatte keinerlei Hinweise bekommen. Tom, Rick und Mona jedoch waren von einem hohen Regierungsbeamten aufgesucht worden. Die Öffentlichkeit sollte nicht wissen, wie knapp das Land an einer Katastrophe vorbeigeschlittert war. Widerwillig hatten die Freunde sich damit abgefunden, daß im Interesse der nationalen Sicherheit eine totale Nachrichtensperre verhängt wurde.

Aber alle an diesem Abenteuer Beteiligten spürten einen gewissen Stolz, die Gefahr überstanden zu haben. In dem Bewußtsein, daß sie noch einmal mit einem blauen Auge davongekommen waren, bewegte sie das heftige Bedürfnis zu feiern. Auch Toms Vater fand, man könne jetzt nicht so ohne weiteres zur Tagesordnung übergehen. Er organisierte ein privates Fest.

„Im ‚Big Byte', ja?"

Ricks Stimme tönte über den gesamten Matrix Boulevard. Seine Mutter und Schwester kamen gerade aus dem Haus, um in die Stadt zu fahren. Die Familie Benson war schon kurz vorher aufgebrochen.

Rick rief Mutter und Schwester zu, sie sollten sich doch bitte beeilen, weil es sonst vielleicht nichts mehr zu essen geben würde.

„Lieber Rick, solange du noch hier bist, besteht dafür überhaupt keine Gefahr", antwortete seine Mutter.

Endlich stiegen sie in Ricks Sportwagen, und er konnte losfahren. Mit seiner Mutter auf dem Beifahrersitz kehrte er den perfekten Kavalier am Steuer heraus und lieferte ein Glanzstück an Fahrkultur, wovon sich Mrs. Powell allerdings nicht im mindesten beeindrucken ließ. Über seinen sonstigen Fahrstil machte sie sich keine Illusionen.

Sie wandte sich zu Mona, die auf dem Rücksitz den

sommerlichen Fahrtwind genoß. „Eins sag ich euch, lieber krieg ich noch mal die Kammerjäger ins Haus, als so einen gräßlichen Entsorgungstrupp. Die haben ja wirklich alles auf den Kopf gestellt!“ In ihrer Stimme klang der Schock nach, den die Aktion in ihr ausgelöst hatte.

„Immerhin haben die wenigstens wieder meinen Wagen rausgerückt“, fügte Rick hinzu.

„Schau“, erwiderte Mona, „bei den Bensons war's doch genau das gleiche. Und der Prof bekommt sein Auto erst in einem halben Jahr zurück.“

Die radioaktive Verseuchung hätte schlimmer sein können. Sie wußten, daß sie noch einmal glimpflich davongekommen waren und keine gesundheitlichen Spätschäden befürchten mußten.

„Auf jeden Fall ein Grund, sich neue Stiefel zu kaufen – und waschen brauch ich mich in den nächsten drei Monaten bestimmt nicht mehr...“ Rick machte wieder mal das Beste draus.

In voller Beleuchtung lag das „Big Byte“ vor ihnen, Mr. Benson hatte das Hightech-Schnellrestaurant für diesen Abend gemietet. Alle schienen in bester Stimmung zu sein.

Das Fest lief schon auf vollen Touren, als die Powells eintraten. Auf Tabletts wurden leckere Sandwiches und eisgekühlte Fruchtdrinks herumgereicht. Musik dröhnte aus den Lautsprechern, während über die Tischbildschirme Videoclips flimmterten.

Professor Coleman und Dr. Skyne unterhielten sich angeregt miteinander. Harry schien mit Rick eine besondere Vorliebe zu teilen: Beide hatten großen Appetit. Sergeant Dalby war heute abend nicht im Dienst und hielt ein Schwätzchen mit drei Leuten von Bendatacon. Mrs. Powell hatte auch einige Lehrer der Stantoner High-School eingeladen.

Tom saß mit Mona an einem der Seitentische. Sie schlürften ihre Fruchtdrinks und unterhielten sich.

„Meine Güte, stell dir mal vor, was passiert wäre, wenn Ginsler nicht vergessen hätte, den Zufallsgenerator abzustellen!“

„Du meinst, von seiner Donnermaschine?“

„Ja. Wir wären da oben verloren gewesen.“

„Wenn ich in dem Durcheinander bei eurer Befreiungsaktion den Hauptschalter nicht wieder gedrückt hätte“, flüsterte Mona, „säßen wir heute vermutlich nicht hier.“

Einen Augenblick schwiegen sie beide. Dann hellte sich Monas Gesicht wieder auf, und sie lächelte Tom an.

„Jetzt ist Samstagabend. Weißt du noch?“

Allmählich dämmerte es Tom. „Ach ja, das Fest. Bei einem Mädchen aus deiner Klasse. Ich weiß, daß ich's dir versprochen habe, aber wir können Rick nicht einfach so zurücklassen.“

Mona schaute zur Tür hinüber und winkte jemandem zu.

„Tom, das ist Cheryl.“

Er drehte sich um und sah in das lächelnde Gesicht einer blonden Sechzehnjährigen. Er kannte sie aus der Schule, hatte aber noch nie ein Wort mit ihr gewechselt.

„Kommt ihr dann zu mir?“ Ihre silberhelle Stimme klang sehr angenehm.

Noch ehe Tom antworten konnte, hatte Mona ihre Freundin untergehakt und führte sie quer durch den Raum. Sie stellte ihr Rick vor.

In der Zwischenzeit waren Professor Coleman und Dr. Skyne zu Toms Tisch gekommen. Tom erhob sich und begrüßte die Wissenschaftler. Er hatte bemerkt, daß die beiden doch tatsächlich Händchen hielten.

Professor Coleman bedankte sich bei Tom, daß er ihn mit Dr. Skyne bekanntgemacht hatte.

„Vielleicht unter etwas ungewöhnlichen Umständen.“ Dr. Skyne lachte.

Im Hintergrund ertönte ein Tusch. Der Koch des „Big Byte“ bat um Aufmerksamkeit.

„Liebe Gäste, heute erleben Sie die Premiere einer neuen Spezialität unseres Hauses. Servieren wird sie Ihnen unser neuer volltransistorierter Piccolo!"

Aus der Küchentür schlurfte ein leichtverbeulter Mr. Chips mit riesigem Tablett, das von einer Servierglocke aus Edelstahl abgedeckt war. Offenbar war darauf ein Imbiß zu Ehren von TRM angerichtet. Rick wollte gleich wissen, was da drunter sei.

Mona entfernte die Abdeckung. Mit unbewegter Miene fragte sie: „Seid ihr bereit?"

„Wofür?"

„Fisch und Chips."

Das saß! Dann wich die Verblüffung aus Toms und Ricks Gesicht. Alle drei lachten befreit.

Für Rick gab es plötzlich etwas, das ihn mehr beschäftigte als Essen. Cheryl hielt seinen Arm, als sie auf Tom zusteuerten.

„Sag mal, hat Mona dich für heute nicht auf ein Fest eingeladen? – Dann laß uns hier mal abzwitschern. Cheryl muß ja schließlich vor ihren Gästen da sein!"

Unbemerkt schlüpften die vier in die Sommernacht hinaus.

Wichtige Begriffe aus der Computerwelt von heute und morgen

Akustikkoppler

Ein richtiger Hacker will mit seinem Computer auch Verbindung zu anderen Computern herstellen, die nicht unmittelbar per Kabel miteinander gekoppelt sind. Über Telefonleitungen können Computer, die meilenweit voneinander entfernt stehen, miteinander „telefonieren". Dazu benötigt man ein Anschlußgerät – entweder einen Akustikkoppler oder ein MODEM.

Der Akustikkoppler ist ein Gerät, in das man die Muscheln eines Telefonhörers klemmen kann. Mit Hilfe des Geräts können Computer miteinander Daten austauschen. Die in digitalen Impulsen codierten und gespeicherten Daten, die an den anderen Computer übermittelt werden sollen, wandelt der Akustikkoppler in übertragungsfähige (für die Mikrofonkapsel des Telefonhörers wahrnehmbare), akustische Signale (Töne) um. Am anderen Ende der Telefonleitung, wo die Daten empfangen werden sollen, werden die Schallwellen aus dem Telefonhörer von dem Akustikkoppler des angerufenen Teilnehmers in elektrische Impulse umgewandelt, die dessen Computer verarbeiten kann. Akustikkoppler müssen in der Bundesrepublik von der Post genehmigt werden und somit auch bestimmte technische Daten einhalten.

Eine ähnliche Aufgabe erfüllt das Modem. Der Begriff steht für *Mo*dulator/*Dem*odulator. Das Modem wandelt die elektronisch gespeicherten Daten aus dem Computer in übertragungsfähige Impulse um und gibt sie, allerdings ohne den Umweg über die Schallwellen des Telefonhörers, in die Telefonleitung.

Einen postgenehmigten Akustikkoppler kann jeder selbst anschließen. Das Modem darf nur die Post installieren.

antimagnetische Schutzhülle

siehe „back up"

back up (sprich: „bäck ap")

Sicherungskopie von einem abgespeicherten Programm. Man kann die „back up" auf demselben Datenträger (z. B. Diskette) oder auf einem zweiten Datenträger (Sicherungsdiskette) machen. Bei einer Back-up-Diskette geht das abgespeicherte Programm dann nicht verloren, wenn sich die ganze Originaldiskette nicht mehr lesen läßt, zum Beispiel aufgrund mechanischer oder magnetischer Beschädigung. Da Disketten gegen Magnetfelder sehr empfindlich sind, bewahrt man besonders wertvolle Floppies am besten in einer antimagnetischen Schutzhülle auf.

Betriebssystem

siehe Software

Byte

Eine Achtergruppe von „Einsern“ oder „Nullen“, also acht Bits. Ein Byte ist die gebräuchlichste Einheit, die meist gleichzeitig von Computern verarbeitet wird. Acht Bits, also ein Byte, genügen, um ein numerisches oder alphanumerisches Zeichen (Zahl oder Buchstabe) eindeutig zu definieren und darzustellen. Damit läßt sich dann ausrechnen, wieviel Text bzw. Daten in einen Computer mit definiertem Speicherplatz hineinpassen.

CAD

siehe computerunterstützte Grafik

Chip (Mehrzahl: Chips)

Chip bedeutet Scheibe oder Plättchen. Beim Chip befindet sich auf diesem Plättchen eine große Anzahl von Schaltkreisen. Man bezeichnet das als integrierten Schaltkreis. Chips sind so klein, daß z. B. ein 64-Kilobyte-Chip leicht durch ein Nadelöhr paßt. Diese Chips werden in einem länglichen Gehäuse untergebracht, aus dem die vielen Anschlußstifte herausragen. Einen solchen Baustein bezeichnet man scherzhaft als „Tausendfüßler“.
Mit der englischen Bezeichnung „Fission-Chips“ (gesprochen: „fischn tschips“) sind jene Abriebteilchen gemeint, die bei der Untersuchung radioaktiv verseuchter Gegenstände (z. B. Toms und Ricks Stiefel) festgestellt werden. Sinnigerweise wird der englische Ausdruck für Fisch und Chips (fish and chips) fast genauso ausgesprochen.

Code

ein System, mit dem man Informationen verschlüsselt. In der Computerei kann das eine Programmiersprache sein, etwa ein binär verschlüsselter Maschinencode oder auch ein symbolischer Code, der aus Befehlskürzeln besteht, die man sich verhältnismäßig einfach merken kann.

Computer-Hardcopies

Kommt aus dem Englischen. Hardcopy bedeutet wörtlich „harte Kopie“, das heißt eine Kopie zum Anfassen, erstellt vom Drucker; daher auch im Deutschen „Computerausdruck“ genannt. Man kann sich den Speicherinhalt entweder auf den Bildschirm holen oder in Form einer Hardcopy auf Papier ausdrucken lassen.

10 9111-10

computerunterstützte Grafik

Auch bekannt unter CAD (*C*omputer *A*ided *D*esign). Mit Hilfe von sehr aufwendigen Computerprogrammen kann man jetzt schon durchspielen, ob etwa ein Autoreifen eine gewünschte Geschwindigkeit aushält, ohne zu platzen. Eventuell erforderliche Korrekturen des Reifenentwurfs lassen sich auf dem Bildschirm durchführen – ebenso der gesamte Entwurf sowie die Konstruktionszeichnung. In vielen Konstruktionsbüros verwenden die Ingenieure heute schon überwiegend Computer zum Entwerfen ihrer technischen Entwicklungen. Im Gebrauch ist auch der Ausdruck „computergesteuerte Grafik".

Cursor

ein sichtbarer „Zeiger" auf dem Bildschirm, der angibt, an welcher Stelle des Bildschirms Eingaben gemacht werden können. Dieser Zeiger (auch „Schreibstelle" genannt) kann die Form eines (meist blinkenden) Rechtecks haben, aber auch aus einer eckigen oder spitzen Klammer – oft auch aus einer Linie – bestehen. Der Cursor kann mit Steuer- oder Pfeiltasten (= Cursortasten) an eine beliebige Stelle des Bildschirms gesetzt werden.

Datei

Dieses Wort ist aus „Daten" und „Kartei" entstanden. Gemeint ist damit eine Sammlung zusammengehörender Daten. Diese Daten können fest im Computer gespeichert vorliegen, also resident sein (im ROM), oder auf Diskette, Band, Magnetplatte oder Laserdiskette gespeichert sein. Dort kann man sie verändern oder löschen. Die Daten werden innerhalb einer Datei nach der jeweils zweckmäßigsten Form geordnet, so daß man sie entsprechend dem Verarbeitungszweck möglichst wirkungsvoll abrufen, miteinander verbinden und verarbeiten kann. Hierzu müssen alle Daten auf einem der genannten Speicher vorliegen und unter einem Dateinamen aufgerufen werden können.

Datenbank

In einer Datenbank sind Informationen, z. B. Adressen, Buchtitel, Kochrezepte oder Gerichtsurteile, so gespeichert, daß sie sich per Computer auf den Bildschirm holen lassen oder ausgedruckt werden können. Der Vorteil ist, daß es schneller geht und mehr Personen gleichzeitig von einer solchen Datenbank bedient werden können. Vor allem aber sucht ein leistungsfähiges Datenbankprogramm auf Wunsch sämtliche Teilinformationen aus allen Einträgen zusammen, die mit einem bestimmten Stichwort zu tun haben. Das hieße in einer normalen Bücherei: Alle Bücher und Zeitschriften z. B. nach Texten durchsuchen, in denen etwas über Enid Blyton gesagt wird und diese Texte fotokopieren. Die Datenbank macht so was sekundenschnell, auch wenn es sich um insgesamt mehrere tausend Einträge handelt.

Datensichtstation

siehe Terminal

DFÜ

Abkürzung für Datenfernübertragung; siehe auch Akustikkoppler

Direktzugriffs-Speicher

Englisch: DMA (*D*irect *M*emory *A*ccess); Speicherzugriff unter Umgehung des zentralen Rechenwerks (CPU = *C*entral *P*rocessor *U*nit).
Durch den direkten Zugriff werden besonders kurze Zugriffszeiten für gespeicherte Informationen erreicht – auch bei Datenträgern. So kann man zum Beispiel auf der Schallplatte durch direkten Zugriff sehr viel schneller ein Musikstück abspielen als bei einem Tonband, bei dem nur ein sogenannter sequentieller Zugriff möglich ist. Das heißt, man muß beim Tonband zumindest mit Hilfe des schnellen Vorlaufs bis zum gewünschten Musikstück vor- oder zurückspulen.
Derselbe Vorteil gilt bei Massenspeichern, wo z. B. die Diskette schnellere Zugriffszeiten bietet als das Magnetband.

Diskette

Wegen ihrer Biegsamkeit auch Floppy genannte, runde Kunststoffscheibe, die fest in einer Hülle untergebracht ist. Auf der magnetisierbaren Schicht dieser Scheibe kann man Daten speichern und gespeicherte Daten abrufen. Hierzu muß sie in ein Laufwerk geschoben werden (siehe auch *Festplatte*).

diskreter Schaltungsaufbau

ein elektronisches Gerät, das aus einzelnen Bauelementen wie Transistoren, Dioden, Kondensatoren, Transformatoren, Spulen und Widerständen aufgebaut ist (also aus diskreten, d. h. getrennten Bauteilen), hat einen diskreten Schaltungsaufbau. Solche Geräte kann man aber auch zu einer integrierten Schaltung zusammenfassen, die in einem Chip steckt (siehe auch Chip).

Display

engl. Ausdruck für „Anzeige" (sprich „dißplej").

EEG

Elektroenzephalogramm – Aufzeichnung von Gehirnströmen in Gestalt von Kurven auf Papier oder zur Wiedergabe auf einem Bildschirm.

Endlosschleife

siehe Schleife

EPROM

Programmierbarer Festwertspeicher, der durch Bestrahlung mit UV-Licht zum Neuprogrammieren vollständig gelöscht werden kann. Der Festwertspeicher ist als integrierte Schaltung aufgebaut, die auf einem Chip in einem „Tausendfüßler" untergebracht ist. Auf der Oberseite dieses Chip-Gehäuses ist ein winziges Quarzfenster, durch welches das ultraviolette Licht zum Löschen eintreten kann. Zum Neuprogrammieren wird das EPROM in einen Programmiersockel gesteckt, der mit dem Computer verbunden ist.

Escape-Sequenz

Eine Folge von mehreren Steuerzeichen, die mit dem Steuerzeichen „ESCAPE" beginnt. Solche Sequenzen werden verwendet, um bei verschiedenen Peripheriegeräten bestimmte Funktionen auszulösen, z. B. Zeilenfortschaltung bei einem Drucker oder Einleiten der DFÜ-Prozedur bei einem Modem.

Festplatte

Magnetisierbare Platte zum Speichern von Daten und Programmen. Sie ist im Gegensatz zur Floppy (Diskette) nicht aus dünnem, biegsamem Kunststoff, sondern aus Aluminium und fest in ein Laufwerk eingebaut. Man kann sie daher auch nicht auswechseln wie eine Floppy. Dafür hat sie sehr viel mehr Speicherplatz, nämlich über 50 Megabyte, was ungefähr 15000 vollen Schreibmaschinenseiten entspricht. Hingegen besitzt derzeit eine 8-Zoll-Floppy nur etwa 1,2 Megabyte Speicherkapazität. Auf der Festplatte kann man auch schneller abspeichern und rascher Daten abrufen als auf der Diskette.
Wechselplattenlaufwerke sind im Prinzip ebenso aufgebaut wie Festplattenlaufwerke, nur kann man die Magnetplatten auswechseln.

Floppy

siehe Diskette

Hauptspeicher

Der Hauptspeicher, auch oft „Zentralspeicher" oder „Arbeitsspeicher" genannt, ist das Gedächtnis des Computers. In ihm befinden sich die Daten und Programme. Sie werden bei Bedarf an die einzelnen Teile des Computers, wie Steuerwerk, Rechenwerk oder Ein- und Ausgabewerk, abgegeben. Sein Fassungsvermögen gibt man in Bytes an. Heutige Mikrocomputer haben in ihrer Grundausstattung etwa 64 bis 264 Kilobyte Speicherplatz im RAM-Speicher.

Hauptterminal

Das Terminal ist die Verbindung zwischen Mensch und Computer. Es besteht aus Eingabetastatur, Bildschirm und intelligenter Elektronik. Über die Tastatur gibt man Befehle, Anweisungen und Programme ein, die dann auf dem Bildschirm zu sehen sind. Dort sind dann auch die abgerufenen Daten zu sehen oder all das, was der Computer ausgerechnet hat. Computer, an denen mehrere Personen gleichzeitig arbeiten können, sind mit mehreren Terminals ausgestattet. Innerhalb eines solchen Mehrplatz-Systems hat das Hauptterminal dabei für Datenzugriffe und Datenverarbeitung den Vorrang vor den übrigen Nebenterminals.

Heimcomputer

Im Gegensatz zu Mikrocomputern haben Heimcomputer meist eine geringere Speicherkapazität und weniger umfangreiche Anschlußmöglichkeiten für Peripheriegeräte, wie etwa Diskettenlaufwerke, Terminals und Drucker bzw. Modems. Dafür sind sie mehr daraufhin ausgelegt, daß man mit ihnen Spiele betreiben kann (Anschlüsse für Joysticks und Steckmodule). Mikrocomputer sind eher reine Arbeitswerkzeuge und daher z. B. nicht unbedingt von vornherein mit Farbgrafik ausgestattet.

high-tech (sprich: „heitek“)

Kommt vom englischen Ausdruck „high technology“. Bezeichnung für neueste technische Geräte und Verfahren (Spitzentechnologie).

hochauflösende Grafik

Die Fähigkeit eines Programms, auf einem dazu geeigneten Bildschirm besonders fein gerasterte grafische Darstellungen abzubilden.

Interface

siehe Schnittstelle

Joysticks

so nennt man die Steuerknüppel, mit denen man auf dem Computerbildschirm den Cursor (bei Spielen die entsprechende Figur oder das Fahrzeug/Flugzeug/Raumschiff) an die gewünschte Stelle bewegen kann (siehe auch Cursor).

Kilobyte

Ein Byte sind acht Bits. 1000 Byte sind ein Kilobyte. 1000 Kilobyte sind ein Megabyte. Wieviel Bits sind 60 Megabyte?

Kommunikationssystem

Technische Einrichtungen, die es erlauben, von Mensch zu Mensch oder von Mensch zu Maschine und umgekehrt oder zwischen Maschinen, Informationen bzw. Daten auszutauschen.
Beispiel: Der Systemingenieur des Kraftwerks erhält über das Kommunikationssystem (Computerterminal und Leitungen, auch „Netzwerk“ genannt) Daten. Diese Daten informieren ihn über die Vorgänge im Reaktor, über den Betriebszustand sämtlicher Geräte und Maschinen, mit denen das Kraftwerk Strom erzeugt. Er gibt über das Kommunikationssystem Steuersignale an diese Maschinen, verständigt andere Mitarbeiter über alles Notwendige.
Auch unser Telefonnetz ist ein Kommunikationssystem.

Laserstift

Ein Lichtstift, mit dessen Hilfe auf einer lichtempfindlichen Unterlage Aufzeichnungen angefertigt werden können. Diese Aufzeichnungen werden vom Computer, an den das Lichttablett angeschlossen ist, gespeichert und ausgewertet. Dasselbe gilt auch für Bildschirme, die mit einer lichtempfindlichen Datenaufnahmeschicht ausgerüstet sind.
Mit Laserstiften, die entsprechend konstruiert sind, kann man auch gravieren. In diesem Buch handelt es sich um einen kombinierten Schreib-Lese-Stift.

Laufwerk

siehe Diskette

Listing

Wenn ich wissen will, wie die Programme aufgebaut sind, mit denen ich arbeite, kann ich sie mir auf den Bildschirm holen oder auf dem Drucker ausgeben lassen. Ebenso ist es mit Daten, die durchgesehen oder überprüft werden sollen. Das, was dann auf der Mattscheibe oder auf dem Papier zu sehen ist, nennt man ein Listing. Das Listing ist also die Aufstellung sämtlicher Befehle und Anweisungen, aus denen ein Programm zusammengesetzt ist.

Master-Computer

Ein Computernetzwerk besteht aus mehreren Computern. Einer davon ist der Master-Computer, auch „Host-Rechner“ genannt. Er ist der Netzwerk-Mittelpunkt. An ihm hängen die Slave-Computer (sprich „slejw“). Der Host-Rechner hat auch meist den größten Arbeitsspeicher und besitzt auch einen Massenspeicher (Plattenlaufwerke), groß genug, um Speicherplatz für die Bedürfnisse sämtlicher Slaves bereitzustellen. Die Slaves sind mitunter lediglich nur intelligente Terminals (siehe auch Terminal).

Masterkopie

Eine Kopie, von der sämtliche Gebrauchskopien gezogen werden. Die Masterkopie selbst wird möglichst nie benützt. Sie dient als Backup für den Fall, daß die Arbeitskopie unbrauchbar geworden ist.

Menü

Das „Menü“ ist sozusagen die Speisekarte, nämlich eine Aufstellung sämtlicher Programme, mit der wir auswählen können, welches von diesen Programmen und Programmfunktionen wir gerade benützen wollen. Die in einem solchen Menü angebotenen Programme nennt man auch „Menü-Optionen“. Innerhalb eines ausgewählten Programmes kann man anhand von „Untermenüs“ wiederum entscheiden, mit welchen Programmteilen gearbeitet werden soll.

Mikrocomputer

siehe Heimcomputer

Mikroschaltkreise

Elektronische Schaltkreise, die kaum größer sind als ein Fingernagel. Sie vereinigen in sich so viele Schaltfunktionen, daß man dafür vor einem Vierteljahrhundert noch mehrere große Büroräume benötigt hat.

Modem

siehe Akustikkoppler

Monitor

Computerbildschirm in einem eigenen Gehäuse. Auf einem solchen Datensichtgerät wird angezeigt, was wir in den Computer eingeben. Auf dem Monitor kann man sich vom Computer gespeicherte Daten anzeigen lassen oder das, was er ausgerechnet hat. Auch ein Fernseher kann als Monitor dienen, hat aber nie eine so gute Bildqualität wie ein spezieller Computermonitor.

Optoskop

Phantasiebezeichnung für ein Gerät, das sowohl als Fernglas zu gebrauchen ist wie auch als Infrarot-Nachtsichtgerät und gleichzeitig auf Wunsch elektronische Aufnahmen liefert. Natürlich ist es sehr klein und handlich, hat eine Superreichweite und Vergrößerungseigenschaften, die jedem Profi-Teleobjektiv zur Ehre gereichen.

Piepser

Kleiner tragbarer Empfänger oder Sender. In diesem Fall ein Sender, den man mit Hilfe eines Peilgerätes (= Empfänger mit Richtantenne) orten kann.

Umgekehrt bezeichnet man auch einen kleinen Empfänger als Piepser, wenn dieses Gerät beim Empfang eines speziellen Funksignals dem Benutzer durch einen kleinen Piepston anzeigt, daß er sich vom nächsten Telefon aus bei einem vereinbarten Anrufer melden soll.

Als Benutzer des sogenannten Europiepsers (amtsdeutsch: „Eurosignalempfänger“) kann man sich beispielsweise, falls beruflich nötig (Arzt, Minister, Chef, Labortechniker), sogar am Atlantikstrand der portugiesischen Küste etwa von Berlin aus „rufen“ lassen.

Plotter

Computergesteuertes Tischzeichengerät. Der Schreibkopf wird durch eine elektronisch gesteuerte Mechanik über das Blatt geführt.

Es gibt auch Walzenplotter, bei denen sich die Walze vor und zurück dreht, solange der hin und her bewegliche Schreibkopf in Betrieb ist. Je genauer ein Plotter, desto feiner sind die Bilder gerastert. Mit Farbplottern kann man schon beinahe Fotoqualität erreichen.

Protokoll

Festgelegtes Verfahren in der Datenübertragungstechnik zur Übermittlung von Daten von einem Computer oder Peripheriegerät zu einem anderen. Auch in öffentlichen Datennetzen sind solche Protokolle zum reibungslosen Datenaustausch unabdingbar.

rollen

siehe scrolling

Scanner (sprich: „skänner“)

Englische Bezeichnung für ein Gerät, mit dem (meist automatisch) ein bestimmter Empfangsbereich (z. B. 507 bis 705 Megahertz) von einem Ende bis zum anderen auf der Suche nach bestimmten Sendern lückenlos abgetastet wird. Trifft ein solcher Funkscanner auf einen Sender, für dessen Empfang er programmiert worden ist, hält er an und stellt ihn automatisch scharf ein.

Schleife

Sie besteht aus Anweisungen an den Computer, die ihn zur mehrfachen Wiederholung eines bestimmten Programmteils veranlassen. Diese Schleife ist in dem vom Programmierer geschriebenen Programm gekennzeichnet – ebenso die Anweisung, mit der diese Schleife abgearbeitet wird.
Hat man beim Programmieren vergessen anzugeben, nach wieviel Durchläufen die Schleife als abgearbeitet gilt und vom Programm verlassen werden soll, hängt der Computer in einer sogenannten Endlosschleife, und nichts geht mehr. Dann muß man einen neuen Warmstart vornehmen, also das Betriebssystem neu laden.

Schnittstelle

(engl. „interface"); wird benötigt, damit ein Computer mit Peripheriegeräten, wie etwa Drucker, Plotter, Terminal, anderen Computern, Modems, externen Massenspeichern (z. B. Floppylaufwerken), verbunden bzw. zusammengeschaltet werden kann. Die Schnittstelle kann entweder aus einem Programm bestehen (Software-Interface) oder aus elektronischen Bauelementen (Interface-Karten). Sie ermöglicht die Datenübertragung zwischen Computer und Peripherie und prüft u. a. die Daten auf ihre formale Richtigkeit bzw. macht sie für die angeschlossene Peripherie „lesbar".

scrolling

wenn der Bildschirminhalt breiter oder höher ist, als die Abmessungen des Bildschirms selbst, muß man den Inhalt, z. B. eine sehr breite und lange Tabelle, hin und her sowie auf- und abwärts „rollen". Dabei sieht man immer nur so viel von dieser Tabelle, wie aufgrund des verfügbaren Bildschirmausschnittes möglich ist. Auf englisch sagt man dazu „scrolling".

Sensorbildschirm

Computerbildschirm, auf dessen berührungsempfindlicher Oberfläche Eingaben gemacht werden können, ohne daß man dazu die Tastatur betätigen muß.

Simulationsprogramm

Mit einem Simulationsprogramm kann man bestimmte Vorgänge oder Dinge auf dem Computer durchspielen. So läßt sich beispielsweise herausfinden, wie sich ein Flugzeug unter verschiedenen Wetterbedingungen verhält. Dabei stellt man vorher fest, welche Eigenschaften das Flugzeug hat und welche Wetterbedingungen auftreten sollen. Ein besonders interessantes Flugsimulationsprogramm gibt es jetzt auch für Heimcomputer, die mindestens 64 Kilobyte Arbeitsspeicher haben.

Software

alle Programme, die auf einem Computer (= EDV-Anlage) laufen. Zum Beispiel ist bei einem Tonband die aufgenommene, d. h. die „gespeicherte" Musik die „Software" und das Band, auf dem die Musik drauf ist, der „Datenträger". Das Tonbandgerät ist schließlich die „Hardware" (Verstärker sowie Lautsprecherboxen sind die „Peripherie").
Ohne Software funktioniert kein Computer. Erst die Software erweckt den Computer zum Leben. *Betriebssysteme* gehören zur sogenannten Systemsoftware. Der Computer benötigt sie, um Dienstprogramme, Anwenderprogramme oder Spielprogramme laufen zu lassen.
BEISPIELE:
Betriebssysteme: CP/M, MS/DOS, UNIX
Anwenderprogramme: WordStar (Textverarbeitung)
Spielprogramme: PacMan, STARBRYTE
Programmiersprachen: BASIC, C, PASCAL, ASSEMBLER

Streamer

Spezielles Magnetband- oder Kassetten-Laufwerk zum Abspeichern von Sicherungskopien (siehe auch back up). Die Bezeichnung kommt daher, daß die Aufzeichnung sämtlicher Daten und Programme ohne Unterbrechung aufgezeichnet werden und das Band so lange mit gleichmäßiger Geschwindigkeit durchläuft, bis ein Schreib- oder Lesefehler erkannt wird. So erfolgt die Datensicherung sehr schnell. Streamer sind auch billiger als Start/Stop-Laufwerke. Bandmaterial sind meist verhältnismäßig robuste ½- oder 1-Zoll-Bänder, im Fachjargon auch „Schnürsenkel" genannt.

Terminal

Das Terminal ist ein Bildschirm mit Tastatur, der an einen Zentralrechner (= Computer) angeschlossen ist. Es handelt sich also nicht um einen selbständigen Computer, sondern nur um die sogenannte Datenendstation eines Zentralrechners. Die eingegebenen Daten werden an diesen Zentralrechner (auch „Host"-Rechner) weitergeleitet und dort verarbeitet. Genauso werden die Daten vom Speicher eines Zentralrechners abgerufen und erscheinen auf dem Bildschirm (= Monitor) des Terminals. Häufig sind Terminals dort anzutreffen, wo schnell aktuelle Daten benötigt werden, wie etwa auf Flughäfen zum Abfragen von freien Tickets.

Transceiver (sprich: „Tränsßiever")

Das Wort ist eine Verschmelzung der beiden englischen Begrifffe Transmitter (Sender) und Receiver (Empfänger).
Ein Transceiver kann senden und empfangen, wie zum Beispiel ein Handsprechfunkgerät (bei Insidern „Handgurke"). So gesehen könnte man natürlich auch einen ans Modem angeschlossenen Computer als Transceiver bezeichnen.

Winchesterplatte

Festplatte, bei der Platte bzw. Plattenstapel mitsamt Schreib-Lese-Kopf bzw. -Kamm einschließlich der Antriebs- und Steuerungsmechanik in eine luftundurchlässige Außenhülle gekapselt sind. Durch das völlig staubfreie Innere sind engere mechanische Toleranzen und somit eine höhere Lesegenauigkeit sowie größere Schreibdichte möglich. Ergebnis: Nicht nur besonders schnelles Abspeichern und Lesen der Daten, sondern auch ein enorm hohes Speichervermögen – bei verblüffend geringen Abmessungen. Eine Winchester bietet bei gleichen Außenmaßen etwa 10- bis 20mal mehr Speicherplatz als ein Fünfeinviertel-Zoll-Laufwerk, d. h. ca. 6–60 Megabyte.

Zufallsgenerator

Der Zufallsgenerator, Bestandteil eines Computers, wählt innerhalb vorgegebener Grenzen eine Zahl nach dem Zufallsprinzip aus, die dann ausgegeben wird. Welche Zahl das ist, läßt sich nicht vorhersagen – daher der Name *Zufalls*-Generator.

CIP-Kurztitelaufnahme der Deutschen Bibliothek

Jordan, G. P.:
Computer-Krimi TRM / G. P. Jordan. – München;
F. Schneider
Teilw. mit den Erscheinungsorten
München, Wien, Zürich. –
Einheitssacht.: The Microkidz mystery
adventures dt.

Bd. 4. Strahlenfalle / Übers.: Nina Winkler-
de Lates. – 1986.
ISBN 3-505-09111-1

8000 München 46 · Frankfurter Ring 150
Titelbildgestaltung: Design Team München, unter Verwendung
einer Illustration von Young Su Niedermeier
Übersetzung: Nina Winkler-de Lates
Lektorat/Redaktion: Thomas de Lates
Hersteller: Brigitte Matschl
Satz/Druck: Presse-Druck Augsburg
ISBN: 3 505 09111-1
Bestell-Nr.: 9111
Originaltitel: THE MICROKIDZ MYSTERY ADVENTURES:
FISSION CHIPS
Erschienen bei: General Publishing Company Ltd., Ontario

COMPUTER-KRIMI TRM

von G. P. JORDAN

Geheimprogramm Bienenstich (Band 1)
Das Geheimnis des verschwundenen Wissenschaftlers

Projekt Gedankenschnüffler (Band 2)
Was haben die Gangster mit dem Tempest-T vor?

Daten-Piraten (Band 3)
Tom, Rick und Mona auf Crackerjagd

Strahlenfalle (Band 4)
Was geht im stillgelegten Atomkraftwerk vor?

Weitere Bände folgen

Schneider-Buch